青青杏园

身边的小豆豆

严杏◎编

華中師範大學出版社

新出图证（鄂）字 10 号

图书在版编目（CIP）数据

身边的小豆豆 / 严杏 编．—武汉：华中师范大学出版社，2020.5

ISBN 978-7-5622-8950-0

Ⅰ．①身…　Ⅱ．①严…　Ⅲ．①日记 - 作品集 - 中国 - 当代　Ⅳ．① I 267.5

中国版本图书馆 CIP 数据核字（2020）第 022683 号

身边的小豆豆

出　　版：华中师范大学出版社
社　　址：湖北省武汉市洪山区珞喻路 152 号　　邮　　编：430079
策　　划：基础教育分社
责任编辑：欧阳培琳　郑海兵　责任校对：罗　艺　　装帧设计：笔墨书香
电　　话：027-67863040（市场部）　　027-67862387（编辑部）
传　　真：027-67863291　　邮　　购：027-67861321
网　　址：http://press.ccnu.edu.cn　　电子邮箱：press@mail.ccnu.edu.cn
印　　刷：武汉市精伦达印刷有限公司　　督　　印：王兴平
字　　数：200 千字
开　　本：787mm × 1092mm　1/16　　印　　张：16
版　　次：2020 年 5 月第 1 版　　印　　次：2020 年 5 月第 1 次印刷
定　　价：60.00 元

欢迎上网查询、购书

珠海市香洲区景园小学一（2）班师生合影留念
2013年10月14日 摄影

珠海市香洲区景园小学二（2）班师生合影留念
2014年10月20日 摄影

珠海市香洲区景园小学三（2）班师生合影留念
2015年10月19日 摄影
第一排：王乐瑶 张坪瑷 刘晓悦 蒋静怡 敖子茹 庄喆海老师 严杏老师 姜馨雨 易 添 黄明月 曹艺涵 周泽轶
第二排：杨育鸿 高艺涵 郑然尹 罗慧沣 陈佳澜 杜欣宁 符 誉 方希薇 喻馨亭 梁珏晞 马艺涵
第三排：黄东煜 丁少杰 刘奕松 周裕烽 戴子为 郑力扬 雷东霖 林智轩 梁甘达 刘炫宏 王奕霖 侯英杰 梁天宝
第四排：黄思源 李秉轩 李奕瑄 胡天杨 张司忱 陈驿篆 刘奕策 孙振曜 谢文曦 刘奕涵 邓博为 王思睿 袁予泽

珠海市香洲区景园小学四（2）班师生合影留念
2016.10.13

珠海市香洲区景园小学五（2）班师生合影留念
2017.11.27

珠海市香洲区景园小学六(2)班师生合影留念
2018.5.19

序一

前几天，我收到了严杏从南方寄来的书稿，匆匆翻阅之后，不禁勾起了我童年的梦境：春天，漫山遍野，山花烂漫，开满了红的、黄的、紫的、白的野花，野花丛中，蝴蝶翻飞，蜜蜂嗡嗡，多么美妙的景象啊！

无论是路边地角，还是山野斜坡、峭壁石缝，野花五颜六色，或迎风摇曳，或探头嬉笑，争奇斗艳，各展风采。法国大哲学家卢梭倡导自然主义教育，尊重自然人，呵护自然人，培育自然人。而所谓自然人，就是儿童天性、悟性、灵性的集合。他的名著《爱弥儿》告诉我们，儿童是怎样在自然教育的土壤里茁壮成长，而未曾受到污染和压抑。看看这些“野花”的自我写照吧！他们在“不按常规出牌的严老师”的引导下，乐意去享受“一万零一种可能”中的爱的温馨，去感受“不幸中的万幸”中的幸福的甜蜜。正如书中“妈妈的话”：“大自然是孕育孩子灵性最好的地方。”

世界著名生物学家、社会生物学创始人威尔逊特别谈到童年是怎样沉迷于天堂海滩的，他甚至说，“最好能先当一个野人”。这里所谓的“野人”，其实就是华兹华斯所讴歌的“不那么聪颖，不太有学问，不太乖；但任性而动、生气勃勃地沉浸在大自然甜蜜怀抱中的‘真正的孩子’”。你看，孩子们走出学校，无论到农场、商埠，去药谷、沙滩，或是到异国旅游，笑得多么灿烂，玩得多么开心。仿佛放飞的小鸟，在林间跳跃，在天空飞翔。心灵激活了，言语的闸门也打开了，印象最深、写得最多的自然是孩子们亲身经历过的台风“天鸽”的肆虐，他们对天发问：“你是天使还是恶魔？”使我惊讶的是，在21首童诗中，没有哭泣，没有哀鸣，也没有诅咒，更没有谩骂，更多的是祈求、自责，是和解、期盼，是歌颂生命、赞美勇气，感叹一片新绿。尤其是由衷感谢“倔强的杏园”里的杏老师，是她让杏园展露生机，是她精心栽培“野花”从来都是不拘一格又自成方圆，而我们却不经意间悄悄茁壮。孩子们在大自然中渐渐成长了，他们有对大自然和生命的敬畏，更有对人和大自然和谐共处的追求。

写至此，我起身伫立窗前，窗外几株白兰树绿叶苍翠，白花朵朵，不远处，一排槐树一片新绿，生机盎然，仿佛触动了我的神经，不禁想起了我的老朋友——儿童诗人金波诗集中的几行小诗：

当春天到来，雪融化了/还有小雨滋润着/我的笑就会发芽开花/它开放的是野菊花/金灿灿的，像笑的颜色/仰望着太阳/它开放的是风铃花/丁零零的，像笑的声音/呼唤着鸽哨/它开放的是九里香/香喷喷的，像笑的芬芳/引来了蜜蜂……

一位评论者说，金波真聪明，他把笑埋在野地里，笑会发芽、开花，开出野菊花、风铃花、九里香，把快乐带给人。

师法自然、顺其自然、自然天成，我认为，这是真正顺应天性的儿童教育观。

让“野花”自由绽放吧！

杨再隋

2019年5月21日于华中师大

序 二

这是孩子们的自传。孩子们用自传的方式，写他们自己在学校里跟老师交往、跟同学交往、跟父母交往的故事。

这是孩子们写的故事，但有一个人一直躲在故事的背后，有时她也会走到故事的前台，这个人就是严杏老师。孩子们有时会称她为杏老师、杏子老师。

孩子们把严老师当作他们的天使，他们的女神，他们的母亲，他们的船长。每一篇文章都是严老师和她的弟子们交往的故事。他们怕她，也爱她。

这是孩子们的“合作自传”。这本书成为孩子与老师、家长交往的秘密花园。孩子讲述自己的故事之后，他的父母和老师，纷纷参与这个故事的写作。

以往，教育界有亲子共读的倡议和实践。这次，他们不仅亲子共读，而且亲子共写、师生共写。孩子写出一篇文章之后，这篇文章迅速成为老师和家长一起商议的话题。

人们会留意到这些故事的修辞、情节，但是，更值得关注的是这些故事呈现出来的校园生活。

这是严老师发起的一项语文教育改革的行动研究。严老师、学生和家长一起参与了这场改革和行动研究。与其说孩子、家长和老师一起在写作文，探索新的作文教学的路子，不如说，他们在一起展开一场新的生活方式。严老师放手让这群野孩子自由闯荡，但在自由闯荡的过程中却建立了看得见的和看不见的规则。

这本书会成为学校生活史的一个特别文献。那些研究学校生活史的人，会从这本书里寻找到21世纪中国学校师生交往以及学校与家长交往的样式。

这本书会被中小学老师们阅读和传递，因为这本书记录了一个老师专业发展的方向和方法。

若问，如何成为一个受学生欢迎的老师？如何成为一个受学生拥戴的老师？如何建立一个既有爱意和自由，又有礼貌和规矩的班级？教育中的怕与爱是如何兼备的？那么，这本书会告诉你相关的秘密。

刘良华

2019年5月25日于华东师大

自序

我喜欢读《窗边的小豆豆》。以前，我读《窗边的小豆豆》，向往巴学园，羡慕巴学园里的校长和老师，更羡慕巴学园里的小豆豆。

终于有一天，我也有了自己的巴学园。在珠海，在景园小学，我幸运地遇见了这样一群小豆豆。身边的小豆豆们跟我一起生活了六年，我们一起散步、说话、唱歌、诵读。

再后来，我和身边的小豆豆们共写日志，家长也加入进来。我们一起记录我们自己的小冲突，还有小欢乐，记录我们这里“山的味道和海的味道”。

我之所以提倡师生共写日志，提倡与爸爸妈妈共写日志，既是为了提高孩子们的写作能力，也是为了让他们每天过着有故事、有意义的生活。

西哲有言：“非反思的生活，是不值得过的生活。”如果不记录、不反思，就可能习惯于平淡乏味的日子，就可能对自己的错误视而不见，就可能错过生活中点滴美好的瞬间。共写日志就是通过反思、欣赏或者忏悔的方式，维护好的生活，改进坏的生活，提升生活的品质。

在共写日志的过程中，因为有了分享，我们触发了更丰富的情感；因为有了审视，我们萌生了更多成长的力量；因为有了反思，我们拥有了更多前行的勇气。

一个月之后，我跟我的小豆豆们就要分别了。这本书，能看到我身边的小豆豆们当初的样子。

我知道，我的小豆豆们从哪里来。

我更想知道，他们会到哪里去呢？

严杏
2019年6月1日于珠海景园

班级序

这是我们班50名同学与老师、家长共同书写的一本“日记书”。

杏子老师说，为了让自己有话可说，先要让自己的生活有故事、有意义。起先，我们不是特别能理解这句话。写着写着，我们发觉，如果这一天过得很有意思，我们会等不及放学就迫不及待地拿出日记本来。

也许仅仅是一点感慨、一种心情、一个收获、一份感激，通过一个又一个故事表达出来，然后，再眼巴巴地等着每周一节的专属日记课的到来。

是的，日记就是原汁原味地记录自己的生活，就是无拘无束地和自己说话，就是随心所欲地倾吐，就是毫无顾忌地发泄。厚厚的一摞日记本就这样不知不觉地在匆匆流走的日子里，为我们留下走过的痕迹。

在这本书里，每个同学都创作了属于自己的作品。可是我们写下的日记实在太多，远远超出了出版社限定的字数。为了保留我们的作品，杏子老师撤掉了自己的日记；不过杏子老师还是和我们在一起的，正如前面的序言里所说，她藏在我们故事的背后，藏在我们的文字里。

我们将这本书送给即将迈入中学的自己，送给陪伴我们成长的老师和父母，送给正在寻找写作灵感的同学，送给所有愿意永葆自然天性和童心童趣的人们。

六（2）班全体同学

2019年6月1日于珠海景园

目录

我与他们

我与我们

我与世界

我们眼中的小豆豆

我与他们

我没有教你们这样做

5月21日 星期一

陈佳澜

“这篇课文谁来读？”在杏子老师的熏陶下，朗读成了我们的最爱。

同学们纷纷举起了小手，“我！”“我！我！”

“好，梁甘达，你来读！”

梁甘达自信地站了起来，“燕子去了，有再来的时候；杨柳枯了，有再青的时候……”他捧着书，流畅而深情地朗读着，同学们也随着他的朗读感受到了光阴的匆匆和对逝去时光的依恋。

话音刚落，教室里响起了热烈的掌声。

“你们还记得吗？一年级的梁甘达对我有两种叫法：‘严，严，严，严老师！’‘严老，严老，严老师——’”杏子老师学得太像了，逗得我们哈哈大笑。

“有一次梁甘达来我这里批作业，他很希望自己没有错题，便这样对我说：‘我希望一，一，一，一次成功！’”

“哈哈！”同学们又笑翻了。

整整六年了，直到快毕业的今天，直到梁甘达变成了比我们说话还要流利的翩翩少年，杏子老师才第一次说起了这个话题。

“六年来，从来没有一个同学像我今天这样模仿过他，也没有一个同学因为他说话结巴而嘲笑过他，我没有教你们这样做，是大家的理解和善良让彼此之间有了这样一份默契，是你们让梁甘达拥有了今天这份从容和自信，谢谢同学们！”

杏子老师的一番话让教室里变得出奇安静。我看到梁甘达的眼睛，不，还有好多同学的眼睛里都闪着泪光。

是啊，梁甘达现在一点都不结巴了。作为他的好邻居、好朋友，我可是最熟悉他的。梁甘达从小就有结巴的毛病，他在上小学的前一天还不停地“控制”自己，试图让自己说话流畅一点。

为了“隐藏”自己的小毛病，上学的第一周梁甘达几乎没有开口讲过话，同学们和老师都没注意到，直到这件事发生——

“接下来，我想请一位没有举手的同学为我们解释一下这首古诗的意思，梁甘达小朋友，你来说说好吗？”

“我觉得这这这首——古诗的意意意思是，一眼看去有有有二三里远……”梁甘达急红了脸。在一旁的我也为他捏了把汗，等着下一秒同学们的哄笑。

“宝贝，不着急，我们一起慢慢说——”杏子老师温柔的目光和话语让教室里变得十分安静，大家都和杏子老师等着他慢慢地把这句话说完。

而在这之后，杏子老师总是会找到梁甘达的可爱之处，同学们都喜欢找他一起玩，他听到课间音乐还会乐颠颠地跑上讲台和同学一起舞蹈。

六年的时间，那个说话结巴的小男孩就这样不见了。

“我没有教你们这样做。”这是我听到过的老师对学生最高的赞美。

可是杏子老师，你果真没有教过我们吗？

奇葩同桌

3月27日 星期四

刘晓悦

今天早晨，我到校很早，静静地坐在位置上自查作业。不一会儿，我的前桌李秉轩挺着大肚子摇摇摆摆地走了进来，刚坐下就哼唱起了广告：“珠海的味道我知道，朱古力海苔！”我不禁对他说了句：“兄弟，你广告看多了吧！”

他望着我“猥琐”地笑了笑后又哼出了另一条广告：“长大以后我要当喜之郎果冻，爸爸妈妈可高兴了，赏给我两个大嘴巴子。”

“要不要再来一份？”组长易添接口道。

紧接着，我们组的梁甘达驾到，他咳嗽了两声，李秉轩脱口而出：“香丹清牌桂圆胶囊，含二十二味中药，包治百病。”

“哈哈，我们也来一份。”同学们都被逗乐了。

早自习的时候，严老师说要给个别同学调座位，这个“个别”不是别人，就是我们班出了名的奇葩“人才”——李秉轩。现在没有人想和李秉轩同桌，跟他坐，不是被烦死就是被气死。

最近正嫌生活有点平淡无趣的我何不挑战一下？就这样，我从他的后桌变成了同桌。

一天下来，我就尝到了跟他同桌的痛苦。一开始，他的确打破了我生活的平静，把我惹生气了还会不停地给我讲笑话，我知道他害怕我告诉严老师。

下午的英语课上，他先自个儿给风扇创造新玩法，我就在旁边看着。他拿着红、黄、蓝、绿四支笔在扇叶中间画画，那些颜料四处飞溅，弄得他全身都是。可就在这时，他又想到了一个新玩法：如果把风扇放到头发上会不会发现新大陆？他偷偷地把风扇放到我后面，一瞬间的工夫，我的头发就被搅得死死的，我不敢吭声，默默地等他帮我解开，可是他使尽全身解数也无能为力，最终还是惊扰到了严老师，她拿着剪刀剪下了我的一缕头发。

严老师要求李秉轩为我做三件事作为补偿，他说第一件事是明天为我买早餐，第二件事是为我讲一个笑话，第三件事他摸着头怎么也想不出。

“那就允许我用你当素材写一篇日记吧！”我接口道。

“千万别把我写得太平庸，要知道我可是班里最耀眼、最圆润的那颗星！”他摸着大肚子朝我“邪恶”地眨了一下眼睛。

说我胖

3月28日 星期三

罗慧沣

今天做早操的时候，一向严谨的庄老师在我这里犯了个“大错误”。

王思睿和符誉在我后面把手伸进衣袖里挥来挥去。庄老师就站在旁边，只看见了王思睿在挥袖子，就说道：“王思睿，扣分！”

王思睿很无辜地说：“为什么？我怎么啦？”

“你拿袖子挥来挥去。”庄老师淡定地说。

王思睿很不满：“可是符誉也挥了啊，为什么只扣我的分？”

庄老师向前走了走，探了探头，说：“我刚刚没看到，被嘟嘟挡住了。”庄老师这么不经意的一小句话，却让我的心仿佛被刀扎一样疼。这不是明摆着说我胖吗？

庄老师居然当场“侮辱”我，在一旁的黄思源还“补刀”——肥得像一堵墙！这句“经典名言”就像洪水一样流进了我们班的队伍，周围一片哄堂大笑。这可把我气炸了。正当我的“小火山”要爆发的时候，庄老师赶紧改正了她的错误，她说：“没有啊，嘟嘟长高了，不胖了。”这才把我心中的怒火减少了一些。

我用余光瞟了一下站在我身后的符誉，她居然也在旁边幸灾乐祸，不管我怎么吹胡子瞪眼睛，她都没有收敛。我实在忍不住了，说道：“真的要等我发火了才住口，对吧？”符誉说：“没有，不过你真的要减肥了！”我气恼地转回头去。虽然她讲的是实话，可是也不用这么直接吧，一点面子也不给我留。

哎，可怜的我，就这样度过了一段“又肥又胖”的早操时间。

组长生气了

6月14日 星期三

方希蓓

最近，我对本组十分满意。

为什么呢？因为我同桌侯英杰的成绩提高很快。我相信这肯定有我——本组长的功劳。开学的时候，杏子老师按照“势均力敌”的标准把我们班分成十六个小组，她唯一有些心疼的是我这个组长。两个貌似属于班级语文弱势群体的同学分到了一组，我身为组长，赶紧表态：“老师放心，等着看我们的！”

话已经说出去了，我也必须行动起来。幸运的是，本组成员通情达理，合作愉快。我在工作中似乎已经找到了方法。我在督促他们完成作业的同时，还把每道题的详细解答都帮他们一一写下来。

这种方法持续了一个多星期，可就在昨天遭到了“质疑”！

“组长，你能不在我的本子上写字吗？”侯英杰问。

“那样能帮你记得住嘛！”我解释说。

“你可以讲给我听，不要写嘛……”

他话音还未落，我就打断他，叫道：“我是为了你好啊！”

他立刻不出声了，默默看着我。

“哼，真是的，我做组长的苦心你怎么不理解呢！”

到了下午，更过分的事来了。上课讨论题目时，我给他们几个认真讲解，他们一个个都不按次序发问，还嬉皮笑脸地插嘴。这让我怒火中烧，最后在一次次被激怒下，我真的发火了！

“还能不能好好听！”我大声地吼道。他们瞬间安静了，估计被我凶神恶煞的样子吓住了。我继续吼着：“你们以后的作业我会按时检查，但绝不自讨苦吃为你们讲解，以后考试成绩提高不了，就是你们自己造成的！”

只见他们互相传递着眼神，谁也不敢接话。哼，几个不懂事的家伙，把我气得一个下午都没理他们。

今天一大早，我就发现他们都认真得不得了。他们不仅工工整整地完成了作业，还把杏子老师奖励的美味送给了我，我这颗傲娇的心瞬间得到了安慰。我看着礼物装作很冷静的样子淡淡地说：“看在礼物的份上，就原谅你们一次。”

我接过礼物后，他们互相使眼色，长吁一口气，然后蹦着跳着，屁颠屁颠地玩去了。

放学前，我开始提前检查他们的日记：

“天啊天啊，方希蓓发火太恐怖了！简直和恶龙咆哮没两样！”

“太恐怖了，下次吐槽她，一定不能被发现。”

“组长生气了，后果很严重！”

啊！我有这么可怕吗？

第一万零一种可能

6月24日 星期二

郑然尹

“来呀，香喷喷的八宝粥！快来盛一碗，可好吃了！孙振曜都打了三碗啦！”

“不快点就要被吃完了！”严老师的吆喝声伴着八宝粥的清香传来，我的手脚有些不听使唤，拿着饭盒走向了我不大喜欢的八宝粥。

严老师用大铁勺给我添了两勺。我小心翼翼地端着粥回到了座位上，大口地喝起来。清香的五谷伴着甜甜的汤汁滑进了我空空的胃，暖暖的粥让我整个人都舒展开了。这粥，味道不赖。以前喝粥的时候我可是碗里原有多少就剩多少啊！为什么今天喝了两大碗？耳边传来了严老师的吆喝声，我又去盛了一碗。

我好像明白了，严老师的吆喝声就是一剂调味料，连粥的味道都变香了呢！

严老师为什么这么卖力地“诱惑”我们呢？我知道她怕挑食的我们空着肚子上课。当然还有一个小秘密——严老师也是个吃货呢！

严老师很喜欢吃甜食，比如巧克力、小糖果。

我坐在严老师的前面，看着严老师在讲台上拿起了一位同学送的棒棒糖，有些小心翼翼地打开。严老师可能是第一次吃这个包装的棒棒糖，一开始想把棒棒糖从塑料纸中拉出来，未果。严老师又想把棒棒糖从塑料纸里转出来，还是没成功。严老师没有气馁，为了吃到棒棒糖，她一手抓着棒棒糖的柄，一手抓着塑料纸翘起的角，使劲向两边扯去。只听见刺啦一声，棒棒糖终于与塑料纸脱离，一个草莓味的粉球球露了出来。严老师盯了它两秒，像是在为成功欢呼，之后迅速放入嘴里含住了。甜甜的滋味一定在严老师口中化开了，就像那天她奖励给我们的巧克力那样。甜食真的能让人缓解疲劳呀，严老师一边吃着棒棒糖，一边帮我们改着作业，笑容美滋滋的。许多同学闻到了棒棒糖的味道，抬起头张望，看到是严老师在吃棒棒糖，像是发现了新大陆，纷纷用笔记下了这一幕。

我也被人记录过偷吃东西的画面。

二年级的一个早上，我来得很早，食堂阿姨已经把早餐放到了讲台上。我走近一看，热腾腾的酱汁里有好多肉末！我抬起头，向四周看了看。哈！没人！我用勺子捞了一些肉末，啊！真香。我的口水都快流下来了。“啊呜！”我吃了大大的一口。咸咸的肉末又鲜又嫩，我又吃了一口。

“你，你在干什么？”不料有位同学进来，我被抓了个正着。被投诉的我只得诚惶诚恐地走向严老师的办公室。一路上我艰难地挪动着脚步，试想了一万种可能出现的惊心画面。

果不其然，严老师表情严肃地问我：“你偷吃班里的肉臊子啦？”

“是。”我羞得满脸通红。

可是接下来却出现了我没有想到的第一万零一种可能。严老师问我：

“肉臊子好吃吗？”

我的香蕉呢？

3月12日 星期一

孙振曜

春游的时间怎么就过得那么快呢，同学们陆陆续续回到了校车上。在返校的途中我坐在座位上，把手伸入书包里，想看看今天收获了些什么。

“嗯，这是树枝，这是本子，这是……”我突然摸到一根长长的、弯弯的东西，拿出来一看，哎呀，原来是一根香蕉！午餐的时候被我放进书包里，却没能经受得住挤压，香蕉的中间被挤破一个洞，那个洞的边上有一部分化成了酱，流得满书包都是。看着遍体鳞伤的它，我的心都碎了，要知道，这对一个资深“美食家”而言，是一个多大的打击啊！

但是，恐怖的还在后面。正当我拿纸巾擦流在书包里的香蕉酱的时候，我又摸到一个袋子，里面装着几个扁扁的、冷冷的东西，顿时有种不祥的预感，我突然想起了早上出门的时候，我妈给我带了一堆香蕉，说是让我春游的时候跟老师和同学一起分享的，全忘记了！我颤抖着手慢慢地把那个袋子拿出来，当袋子整个现身的时候，我看到了更多的香蕉酱！我的心瞬间坠入了无底洞——哇的一声当着全车人的面哭了出来：“香蕉！我的香蕉啊，有五六根啊，现在全没啦，呜呜呜……”

大哭一场后，我再次把手伸入书包，竟然又有意外的“收获”！咦，这里还有一根，我的天，书包深处居然还有一根，我转悲为喜，大笑起来。旁边有同学问我：你到底带了多少根香蕉啊？这一下，全车人跟着我一起笑了起来。

庄老师觉得这个小插曲很好玩，就编了一个小故事发到了朋友圈，我这才觉得有点不好意思了。

装病

4月28号 星期五

李秉轩

这是一个阳光明媚的早晨，可我的心情一点儿也不明媚。学校又要开始跑操了，可是我并不想跑操。于是，我的拿手好戏来了——装病。

我"病怏怏"地向老师请假说脚痛，然后一瘸一拐地走去台阶休息。

不幸被刘涵涵撞见，我知道刘涵涵肯定又要多管闲事了。我每次请假，他都质疑。其实，他自己也经常装病，还经常去管别人的事情，无语。

刘涵涵打量打量我的脚，没有依据就说："你在装病。"

"我没装病，我脚痛。"我争辩。

"那你脱下鞋子和袜子给我看看嘛！"刘涵涵指着我的脚，一副信不过的样子。

"等这群女生过去再说吧。"

我想拖延时间，或许跑完操他就不会管了。

"你快脱下来，我看看你是不是真的病了，不然我去告诉老师。"他开始威胁我。

"告就告！"我装出无所谓的样子。心想，他自己也经常装病，哪次还不是蒙混过关。

没想到他竟然把这件事情写到日记里面去了，老师知道后严肃地批评了我，当然也少不了处罚。班上还特意针对我立了一条班规——每次请假都要按要求写请假条。我的这一拿手好戏，估计同学们再也看不到了。

“素材控”老师

6月24日 星期五

郑然尹

今天早上下了一场暴雨，部分早到的同学都很庆幸，眼见后面一个个湿漉漉的同学狼狈地进入教室，严老师立马有了话题：

“你们注意到了吗？来晚一点点的同学都成了落汤鸡，有的塞在路上，紧急向老师请假，慌慌张张地赶到学校。来得早就是好呀，悠闲地在教室里读书，惬意得很。这就是‘赶早’的好处。”不用想，严老师下一句一定会接——“我们要在自己的生活中发现写作素材，‘赶早’的话题就可以写一篇好日记！谁要这个话题？”

“我——”“我——”

严老师“素材控”的职业病又犯了，每当有一些特别的事情发生时，她总是立马就提炼成素材。神奇的是，她还能渲染出哄抢素材的场面。

“黎老师就要离开我们去别的学校了，虽然她只和我们相处了短暂的几个月，但她对我们每一个同学都是那么用心。黎老师送给你们的这些书签多别致，每一张都是独一无二的！”我听着眼睛都湿润了，只见严老师拿着一张精致的书签对涵涵说：“这上面的内容就是为你留的，这可是个好素材，别忘了写成一篇日记！”此时，严老师的职业病似乎有点破坏气氛。

“这是我的好朋友从国外带回来的，闻着好香哦！”严老师的礼物总是与众不同。她打开一个精美的盒子美美地闻了一下。“我要奖励给作业做得又快又好的小组！”各组同学蠢蠢欲动。“来，给你们闻闻！这有一股浓浓的椰子香呢！”严老师把盒子端到了杨颜绮小组。“严老师，这肯定是椰子糖！”

“嗯，我也不知道，可能吧。”有时严老师也是个小迷糊。

下午刚进教室，就看见大伙都在围着赢得礼物的垶墁组笑个不停，原来严老师的礼盒里是四块椰子香皂，等组长告诉大家的时候，贪吃的炫宏已经舔了好几口了，嘴里不住地说：“好吃！好吃！”不是严老师阻止，杨杨就要一口咬下去了，他说从来没有尝过椰子肥皂的味道。

“你们组能把这个过程写下来，逗乐大家吗？那样我就让你们吃到真正的椰子糖。”严老师的职业病让大家捕捉到了生活中有趣的镜头。

“李秉轩，你这个‘小懒汉’，为了不跑步居然装病！”严老师的语气十分严肃，大家都安安静静地等着调皮鬼李秉轩被好好教训一番。平时总是一脸散漫的李秉轩也正经起来，等着严老师的下一句。“这真是个好素材，又可以成为一篇好日记！”大家哄笑起来，李秉轩很不好意思地挠了挠头。严老师的职业病缓解了尴尬。

“嗯，黄思源，你进步了，是不是因为你同桌对你的影响？你同桌可是我们班上公认的学霸哦。有个学霸同桌最深的感触是什么？这真是个好素材，别忘了记下来。”严老师的职业病“无孔不钻”。

“严老师真是个‘素材控’，每时每刻都能抓住生活中的素材，这也是我们好日记频出的原因，看来好日记的确少不了发现的眼睛。”我越来越觉得严老师的“职业病”很有价值。

“郑然尹，你说的我都听见了哦。”我回头一看，严老师就站在我的身后。“你说我是‘素材控’，这又是个好素材啊，快去写下来！”

唉，严老师真是一个不折不扣的“素材控”老师啊！

八双雨鞋和八套衣服

11月28日 星期三

侯英杰

据说今天是珠海近几年来最冷的一天。一大早下起了倾盆大雨，大雨持续了三节课，终于在第三节课下课时停了。

在教室里憋了老久，早就按捺不住的谢文曦、陈驿鲎、李秉轩这三个调皮鬼连蹦带跳地冲下了楼，他们三个人疯狂地踩水坑。正当他们玩得高兴的时候，陈驿鲎推了谢文曦一下，谢文曦在滑倒的时候又抓住了李秉轩，李秉轩又绊了一下陈驿鲎，结果他们仨都倒在了水坑里。等他们从水坑里爬起来时，全身都湿了，像极了三只刚从泥坑里爬出来的小猪。

寒风无情地吹在他们身上，他们仨在寒风中瑟瑟发抖，完全没有了平日闹腾的气焰。上课铃响了，还正好是严老师的语文课。

严老师刚进班就发现了他们仨坐在座位上发抖，询问了同学们后知道了前因后果。严老师让“主犯”陈驿鲎的家人送三双鞋子和三套衣服来学校，可陈驿鲎的家长过来需要一些时间。

这时我站起来大声说：“严老师，我家离学校近，让他们去我家换吧。”

严老师请来了一个老师帮她上课，就带着三个调皮鬼一起来到了我家里，我和奶奶找衣服、找袜子、找鞋子，电吹风、烤火炉、暖风机……家里能派上用场的都搜罗出来了。严老师意外地发现学习上不咋样的我劳动起来有模有样。她夸赞我待人友善、做事能干，还说这样的孩子将来肯定会有出息。

我们回到教室后，讲台上已经堆满了衣服，有陈驿鲎的家长送来的三套，有另外两个孩子悄悄让家长送来的，再加上刚才在我家穿上的，整整八双雨鞋和八套衣服！

下午，我提着三双雨鞋和三套衣服，兴冲冲地朝家里走去。为啥这么高兴呢？不仅因为我今天的举动被称赞了，而且包里还有严老师让我带给奶奶的一份礼物呢！

不幸中的万幸

5月7日 星期二

胡天杨

今天真是不幸中的万幸，我差一点儿就在即将举行的家长会上被公示，罪名是“捣蛋分子”。

昨天的体育课上，我在看篮球操的时候，不知大脑出了什么问题，无缘无故地狂笑不止，把体育老师气得火冒三丈，以致老师连午饭都没吃，真是闯大祸了。

这件事被严老师知道了，她十分生气，让我们这些调皮分子写三百字反思。写完后，严老师对我们说：“如果有同学担保你们的话，便可以不用公布名字。”首先，刘晓悦被担保了，接着是小孙，然后是老谢……

眼睁睁看着讲台上的人变得寥寥无几，只留下了我这个“罪魁祸首”。教室里静了下来，我悄悄抬起头环视教室，没有一只为我举起的手。我知道自己平时就调皮捣蛋，昨天这一切因我而起，我胆大包天，“罪不可赦”，这么好的班级被我影响了，那么好的同学被我牵连了，此刻，我还奢望什么被原谅、被“解救”……

就在我闭上眼睛等待判决的时候，我听到了一个清脆的声音：

“胡天杨也有很多优点，就是太管不住自己了。”天哪！我的“冤家对头”张垶墁居然为我求情。

“是啊，他爱帮助人，干活舍得出力，我看不能算‘坏蛋’。”中队长方希蓓平时对我很苛刻，可她分明在为我开脱。她的话把同学们都逗笑了，我的心情也没有那么紧张了。

“胡天杨是我们组的组员，他不光调皮，而且学习上也有点懒，作业拖沓。”组长蒋静怡这么一说，我又把头埋下去了。

“不过，他热爱劳动，热心帮助有困难的同学，课堂上也能积极发言，我记得严老师说过调皮有两种：一种是恶意使坏，不能轻易原谅；一种天真懵懂，属于无邪的捣蛋，可以理解和原谅。我看胡天杨属于第二种，我相信他不是故意和老师作对的，我愿意担保他。”

我不敢相信自己的耳朵，不知为什么，组长的担保让我的头更低了。

我的一举一动都逃不过严老师的眼睛。她拍了拍我的肩膀，让我把头抬起来，然后微笑着对我说：“你自己说几句吧。”

“谢谢大家帮我说话，我，我胡天杨一定管好自己，我要对得起大家的信任，特别是不要把蒋静怡也弄下水——”

“哈哈——”这是我很严肃的一次发言，可是同学们笑得前俯后仰，我用余光瞟了一下严老师，她也笑了。

改良早餐

5月18日 星期五

戴子为

有一句名言我特别喜欢：如果给我一个机会，我将改变命运；如果给我一个支点，我将撬起整个地球。

我因为老是不吃早餐，经常被爸妈批评。今天早上我带了一盒酸奶和一个蜂蜜蛋糕，准备做一次好吃的早餐。

我发现蛋糕如果只有蜂蜜，那还不算好吃。突然，手拿烤肉片的杨颜琪出现在我的眼前。我找她要，她立马给了我一大块。我把蛋糕特意掰成了两个三角形，然后把烤肉片夹在里面。这样，我的早餐就从蜂蜜蛋糕升级为蜜汁叉烧烤肉三明治了！

我得意扬扬地向"奶奶"易添炫耀："瞧！我的早餐上升了N个档次！"

"哇！""冰块你好6啊！""'孙子'真棒！"周围的几个同学都大喊起来。

我还想更进一步，就去找蒋静怡要香肠。蒋静怡刚开始不肯给，我就拿一小块蜂蜜蛋糕跟她换，这样，她才给了我半根。

我的三明治再升一级，变成了三层豪华汉堡。

就这样，我享用了一顿西式风味早餐。

不按常理出牌的严老师

4月12日 星期五

符 誉

要说我们班最不按常理出牌的，就是严老师了。

昨天，严老师让我们回家准备好日记本和练习册，说是今天可能要检查。不妙！日记我倒是写完了，但练习题，我已经有两个单元没写了。平时，严老师让我们自主管理作业，学到哪课就写到哪课，她从来都是不定时检查，检查也是由组长收上去。我是个表面看上去很好背地里却很懒的学生，幸好我自己是组长，这个身份给了我隐藏的机会。

想想，一个晚上，肯定写不完两本作业，所以，现在要预测明天严老师会检查哪一本，先把哪本写完，剩下的再慢慢补。

低年级的时候我们班的作业很少，严老师压根没布置过抄写作业，只要你有能力记得住生字，一个字不写都没有关系。可是到了六年级，同学们学习积极性骤增，几乎每天都会在严老师要求的基础上给自己加作业，家委会在调研之后给大家买了统一的练习册。严老师自然要成全同学们的这份学习热情。

我根据严老师平时检查的习惯把精力赌在《新课堂》这本练习上，一刻也不敢休息，终于在十二点之前结束了奋斗。

上午只有一节语文课，严老师说只检查一本，我暗喜：看来这次又混过去了，下不为例。我很自信地把《新课堂》摆在桌上。

“今天我们一起评讲《课外阅读》，不需要组长收，大家都放在桌面上，先由小老师上台为大家讲解，我会到你们的座位旁看看大家的完成情况。现在都打开练习吧。”

我瞬间崩溃了。

冷血旺仔不太冷

3月5日 星期二

戴子为

“唉——”我无奈地合上作业本，注视着讲台上站成一排的九位同学。

“开学就没写作业，你们真该好好反思一下！”讲台的另一端传来严老师的声音。我不忍直视——被严老师批评确实是一件令人痛苦的事。

过了一会儿，严老师给了他们一个下去的台阶：“哪位组长愿意担保自己的组员？”我看了看上面，我组只有喻馨亭一人在讲台上。我只是副组长，我可没有权利担保倒霉的喻馨亭，于是我又把注意力放回了讲台上。

严老师话音未落，只见讲台上其他小组的组员便如潮水般冲下去了，甚至连喻馨亭都被高艺函担保下去了。台上仅剩两个人，其中有我最好的朋友——黄瓜。

我和含片、介石大喊：“我们担保黄瓜！我们担保黄瓜！”黄瓜归心似箭，嗖地冲回到了座位。可严老师却说：“不是一个小组的不可以担保！”

我们停止了喊叫，继续看着。回到讲台上的黄瓜此时已经低声抽泣起来，我和含片看向黄瓜的组长旺仔，可他玩弄着手指，一副事不关己的样子。

“旺仔！”我们对他说，“快点担保黄瓜啊！”他看了我们一眼，那目光冷得让我打了个寒战。他的眼睛像千年寒冰似的，里面没有一丝感情。周围的空气好像瞬间冷了几度，好像我们不是同窗六年的朋友，而是互不相干的陌生人。随后他又拿起语文书开始背课文。

这个旺仔也太冷了吧？人家黄瓜不但是你的组员，还是你的同桌，更何况人家还是你最好的朋友。他以前对你的帮助对你的好，在此时此刻难道像轻烟，被风吹散，如薄雾，被初阳蒸融了？这些付出在你的脑海何曾留有哪怕游丝似的痕迹？

越来越多的同学也都加入了我们的“祈求”：“旺仔……”“旺仔，你就替他担保嘛！”“旺仔，我求求你了，开开恩吧……”全班像炸开了锅似的。央求声、埋怨声、议论声像决堤的洪水喷涌而出，甚至有几个男生下座位去“殴打”旺仔。这下班上更闹了。

因为即将下课，所以严老师先让黄瓜等人回座位去了。

一转眼上课铃就响了，这节还是严老师的课。有几个眼尖的同学发现黄瓜居然不见了，严老师派我和老王去找。

我们飞快地跑出教室，老王一边向前跑一边说：“下课的时候我好像看见黄瓜往庄老师办公室那边去了。”“那我们赶紧去那边找找吧！”我对他说。

果不其然，我们真的在庄老师办公室门口找到了黄瓜。他正在一边哭一边给他老妈打电话。

我让老王先回去给大家报平安，我则留下来与庄老师交谈。

庄老师问我：“黄瓜怎么了？”我说：“他的作业没写完，被罚站在讲台上。”“唉——”庄老师叹了一口气，“他的天赋其实很好，就是因为不够努力。”我点头表示认可。

我走出办公室，黄瓜此时刚好打完电话，他把手机还给了庄老师，我跟他说班上的同学都在着急地等他回去，我扶着他的肩膀，一边往教室走一边安慰他：“黄瓜，没关系啦，人无完人，大家都有犯错的时候，偶尔没写作业不算很大的问题，你回家后多多努力补上就没关系了……”他虽然没有讲话，不过我估计他的心里已经默默地接受了我的劝慰。

走到班门口，我向里面大喊：“黄瓜回来了！”大家激动地叫着：“太好了！”

等所有人回到座位上，严老师发话了：“你们可能认为旺仔对黄瓜太严厉了，但是你们要明白，一件事是有两面性的，有一些小组组长的确很为组员着想，但太过于宽容自己的组员，也会让这些同学犯错时不能下决心去改变，于是重复着自己的错误。最了解组员的莫过于组长，我想今天旺仔这样做一定有他的理由。”

我恍然大悟：“旺仔这么做确实正确，一味地去当组员的盾牌只会使组员产生依赖性，要使组员自己去努力上进，就需要让他（她）意识到完成作业的重要性，自己管好自己，这样整组才有可能一起进步。”

突然，我感到了一股浓浓的暖意，之前对旺仔做法的猜忌、不解、厌恶统统被甩到了九霄云外。扭头看向旺仔，他还是那副闲散的样子，坐在他旁边的黄瓜此时心情却好极了。没过多久他们又聊了起来。

哦！黄瓜晓得旺仔的良苦用心。

背地里做好事

4月25日 星期四

杨育鸿

今天的班会上，严老师突然故作神秘地说："最近，我发现杨育鸿同学在背地里……"全班同学齐刷刷地看向我。

我先是一愣，然后大脑飞快地运转，回忆我最近干了什么坏事。

"在背地里做好事！"严老师不急不慢地补充道，全班同学轰地笑了，我也跟着笑了起来。

接着严老师讲了几件我背地里做的好事，其中主要讲了采中药的那次……

那是夏天的一个周末，严老师组织我们去采中药。在一位仙风道骨的老中医的解说下，我们认识并品尝了很多种中药，有板蓝根、鱼腥草、落地生根……

辛苦之后才会"尝"到那种对美食的期盼。何况我们品尝的是当地农夫自己种的菜。可是我们很不幸地选错了房间，这就意味着我们要等前一个房间的人吃完才能吃，可我们走了那么多的山路，早就饥肠辘辘了。于是同学们把背包里的零食全倒了出来，可加在一起还是少得可怜，还不够塞牙缝的。

我们实在是太饿了，于是我和王奕霖打算去隔壁侦察一下。我们发现他们在吃鸡腿和西红柿炒蛋，还有紫菜蛋花汤。我们越看越馋，当得知可以把饭菜端到我们房间去吃之后，我们立即各端了一盘饭菜往回走。

在回去的路上我心想："严老师和庄老师还有那些随行的家长一路上都在陪伴我们，肯定比我们更累，更何况他们还没有吃零食，肯定比我们更饿。"

我把我的想法告诉了王奕霖，他也赞同我的想法，于是我们忍住了饥饿，把饭菜端给了大人们。

当时严老师接过了我端的饭菜，对我只是淡淡地笑了笑，我万万没有想到她今天会这样重重地夸奖我。

这时，我从回忆回到了现实，伴随着掌声，我拉着王奕霖的手走上了讲台。

请说我美丽

6月10日 星期五

符誉

今天下午一到学校就看到我的同桌在认真地看书，我看他看书的那个认真劲儿，就想恶搞他一下。

“梁天宝，梁天宝！”我叫他，过了好一会儿他才不情愿地把头转过来。“干吗？”“没什么，只是让你来欣赏一下你美丽的同桌！”我很“厚颜”地说道。

在班里以“单纯善良”著称的天宝一脸不敢相信地看着我：“什，什么？你是认真的吗？”

“你觉得我像是开玩笑的吗？”我看着他，心里有了几分怒意，不论认不认真，美丽都是事实呀！看他还是一脸的不敢相信，我立马抓过他的笔盒，在他面前晃了几下。

“怎么？现在相信了吧？”

梁天宝扑了过来，想把笔盒抢回去，可惜为时已晚，笔盒已经被我牢牢地攥在手里。

“你要干吗？”天宝提高了警惕。

“很简单，你对我说‘你真美丽’，我就把笔盒还给你。”

天哪，严老师眼里那个温顺善良了六年的天宝同学居然露出一副“宁死不屈”的表情。

“天宝同学，请注意你的笔盒还在我手上。”我的职业梦想是律师，我一直在努力打造自己身上那种让人肃然起敬的气质。果真，天宝败下阵来。

“好吧，好吧，你真‘美丽’，行了吧？”

“天宝同学，注意你的态度，夸人的时候要真诚。”

“我的同桌真的真的非常美丽。”

“嗯，有点诚意了……”

我话还没说完，刹那间，天宝就把我手上的笔盒抢了回去，还又顺手牵羊地抢走了我的笔盒，嘴里快速说道：“还是我比较帅！”然后便跑了出去。我呆了几秒钟，也跟着冲了出去：“站住，梁天宝，笔盒给我还回来！”他一路顺利地跑上楼，可正当他快要进男厕所的瞬间，上课铃响了，这可真是天助我也！我大摇大摆地走到他面前，把手伸了出来：“来来来来来，笔盒还我。”

他看了我一眼，无可奈何地说：“我的命怎么这么苦，跟一个这么‘美丽’的人同桌！”

另一个严老师

7月28日 星期六

胡天杨

（一）我中彩了

今天早上，我有种不好的预感，总觉得会发生什么事。果不其然，老妈突然拿着手机冲了过来，对我笑嘻嘻地说：“胡天杨，你中彩了！”“什——什么情况？”我感到事情有些不妙，便紧张地问老妈。“严老师抽中你去她家检查日记！”老妈居然一脸的骄傲。

不！我一定是在做梦，我用指甲使劲地掐了掐自己的脸，一阵阵刺痛传来，看来这不是做梦。我开始跟老妈讨价还价：“老妈，我今天想放松一下，可不可以不去了？”

“当然不可以，玩肯定没有学习重要，而且这种‘福利’千载难逢。”哼！条条大路通罗马，老妈通不了就找老爸求援。

“老爸，你对我最好了，可不可以——”

“不可以！”我还没讲完老爸就开始演讲了，“现在你如果只知道玩的话，将来就会成为一个没用的人，你的天资不错，如果被懒惰害了的话会很可惜……”唉，好吧，既来之，则安之，我只好坦然接受现实。

我拖着沉重而又缓慢的脚步走向严老师家。说实话，在所有老师里，我只对严老师心存畏惧。有一次体育老师罚我们所有男生绕操场跑三圈，我趁老师上厕所的时间组织同学们跑上二楼，让全体男生跟着加倍受罚；科学课上当老师走到我旁边时，我故意放声高唱，引得全班哄堂大笑；我甚至敢在数学课上找老师的茬……可我就是不敢在严老师的语文课上讲闲话，即使有时严老师丝毫没关注我。

终于，我走到了严老师家门口，但手指刚碰到门铃就急忙缩回来了，感觉心脏都快跳到喉咙眼了。我闭上眼睛，用力按下门铃，随即严老师为我打开门，我一看到严老师，就没那么紧张了。

（二）破涕为笑

严老师检查了我的日记以后，给我提出了修改建议，还说改得好可以拿去发表，这让我心情大好。她则坐在一边看书。不一会儿，严老师接到了一个电话，而后对我说：“胡天杨，你的好朋友来了。”

我大概听出来电话那头是个同学在询问写日记的事，他特别想记录一件事，好像是忘了什么情节。既然严老师说是我的好朋友，我就明白了，这人肯定是和严老师住一个小区的金子。

金子来了，看他熟门熟路的样子，便可知他不是第一次来。我不禁羡慕起他来，要是我和严老师住同一个小区，我的成绩说不定比他还好呢！

我本以为严老师看完金子的日记后会把金子大大地表扬一通，结果严老师反倒有些严肃地对金子说：“上一次我让你修改的内容呢？你为什么没有及时改过来？”

“我……我旅游回来就忘……忘记了……”金子支支吾吾，接不上话。

“你忘了我也忘了，那怎么办？”这一下金子开始抽噎了。严老师继续说：“你知道吗？胡天杨的假期日记很不错，有两篇都可以发表了……”金子急得眼泪都流了出来，呼吸也变得急促起来，我看不下去，给了金子两张纸巾，还帮他擦了一下眼泪。

不知为什么，严老师从来不用动气，只要她的态度严肃起来，即使那么轻轻的几句话也能让人“心惊胆战”，一边的我为金子捏了把汗。

严老师看到金子哭成这样心也软了，对金子温和地说：“金瑞翔，我帮你一起修改吧。”金子听了点了点头，赶紧抓起了笔。“我们一起回忆当时的情景吧，那天下课的时候……”严老师的话勾起了金子的记忆，他的印象一点点在复原，不仅想起了当时的情节，还描述了许多当时的画面。就这样，严老师启发一点，金子就改一点，不一会儿他就全部改完了，我有点怀疑刚才严老师是否是真的忘了。

得到夸奖的金子放下手中的笔，笑着朝我得意地眨了眨眼睛，我终于深刻地理解到“破涕为笑”这个成语的含义了。

严老师让金子回家，他却要等我，严老师一下就明白了金子的意图，赶紧说：“两个人不要玩久了，就在小区里，十五分钟。”

遵命！我们这两个著名的调皮鬼喜滋滋地冲下楼去。

（三）另一个严老师

回到严老师家接着修改日记，不知不觉快到十二点了。严老师问我：“胡天杨，在我家吃午饭怎样？”“哦，这——”想是想，可这是严老师家呀！严老师一眼就看穿了我这点小心思，对我说：“没事的，跟妈妈打个电话。”“嗯，那好吧。”我都觉得自己有点装模作样了。

中午，严老师亲自下厨做了不少好吃的：淮山排骨汤、肉粽、飘着清香的咸鸭蛋、辣椒腌萝卜干、日本小鱼仔，还有黄白分明的煎鸡蛋……那色彩，那摆放，光看着就是一种享受。

开餐了，我先尝了一个严老师自制的咸鸭蛋，那口感好极了，尤其是蛋黄，清香清香的，不像饭店的那么油、那么咸。把蛋黄拌进肉粽里吃，简直就是人间第一美味。严老师做的肉粽也不是盖的，里面的肉被外面浓香的糯米包裹着，简直嚼劲十足……这要是有十个，我都通通塞得下。严老师做的日本小鱼仔则是我有史以来吃过的最好吃的鱼。平时我是不吃鱼的，连看都不看一眼，可是严老师做的日本小鱼仔不但鲜脆可口，还不用吐刺，让我这个不爱吃鱼的人一口气吃了十几条。严老师做的辣椒腌萝卜干也很美味，那干脆可口的萝卜和新鲜剁椒“相伴”在一起，让作为湖南仔的我根本无法抵抗。

最美味的莫过于淮山排骨汤了。淮山苦苦的，肉很鲜嫩，汤里也带有一丝微微的苦，严老师说这是放了石斛花的缘故，可我喜欢这份苦，苦中带有一丝清甜。我擅自把严老师做的辣椒腌萝卜干放在美味可口的淮山排骨汤里，那个味道让我终生难忘。

我觉得严老师没有去当厨师开饭店是偌大的可惜。

今天我看到了另一个严老师。

“可以抄”

3月28日 星期四

周裕烽

昨天布置作业的时候，严老师建议，想竞选班干部的同学可以把竞选稿作为日记内容写下来。我回家以后可没闲着，翻阅了很多资料，料想严老师一定会夸奖我的日记。果不其然，我的日记引起了严老师的关注，一大早就被叫到了办公室。这不，语文课一开始就聊起了我。

“今天周裕烽同学的日记内容很不一般，我把他叫到办公室询问他是不是抄的，他说是的。你们猜我会怎么说？”

“可以抄！”同学们齐声蹦出了这三个字。

“不愧是我的学生，你们真了解我，我就是这么说的。不过还得加一句，除了敢抄还得会抄……”

一大早办公室那一幕我可从此记牢了。

严老师在办公室问我的时候，我是犹豫了一下的。可是我知道严老师一贯的风格，在她看来诚实比学识更重要。再说一年级的时候，我抄同学的卷子把同学的名字也抄上去了，严老师还不是原谅我了。我得先把诚实这个美德留住，所以我点头承认了。

严老师没有批评我。她微笑着告诉我，她看到我的文章里写着我的学习特别好，成绩优异，就知道我是“连皮带壳”把别人的文章抄下来了。严老师说：“功课不是你的长处，你的学习成绩还有待提升，但是你有很多优点可以用来竞选班干部，比如你运动好，擅于奔跑，你勤快，又很乐意帮助大家。你可以根据自己的特长竞选体育委员或者生活委员呀。”

她摸着我的头接着说：“严老师允许同学们用自己听到的、看到的以及查找到的信息和资料来丰富习作，可它们仅仅是一份一份原材料，你要像美食家那样，根据自己的需求去提炼、加工，直到制作出真正属于你自己的作品。等到原材料都是你原创出品的时候，那你就是真正的高手了。”

我知道严老师是在提醒我、教育我，可是从她嘴里说出来怎么就那么动听呢！

我当队长收稻谷

11月6日 星期二

梁珏晞

一年一度的期中考试又要到了。去年这个时候，我和周裕烽为了缓解考前压力，便约好一起去割稻谷，但耽误了复习。可是今年杏子老师却说让我们俩带队，全班一起去收稻谷。

收稻谷的地方是我妈妈同学的娘家，稻子一成熟就是一大片金黄，到处是长到腰间的稻子。只是可能见到我们太害羞，全都低下了头。

周裕烽给同学们发放手套和镰刀，我学着老农的样子把我上次学到的收割方法告诉大家："同学们要注意啦！我们要两腿分开站立，左手反抓着稻秆，右手紧握着镰刀刀柄，向两腿中间平均用力。大家看，就像我这个样子。特别要注意的是，如果斜着割会伤到自己的，大家一定要注意安全啦。"

我的话音刚落，稻田里刺啦刺啦一片割稻谷的声音，同学们都在重复着弯腰抬头、弯腰抬头……大概半小时之后，我的腰酸了，手臂也麻木了，开始不听使唤，连一把稻穗都抓不稳了，几次差点割到手。有的同学因为抓稻秆太用力，让稻秆磨破了手指，那可都是一双双嫩生生的从来没有经历过体力劳动的小手啊！

不知不觉中，我们割出了一条路来，只留下几根茎在地头站着。刺啦刺啦的响声越来越稀少了，不少人都累到快直不起腰了。

将稻谷扛在肩上运回农家之后，我的脖子开始痒痒起来，被我抓红了一大片，我立马跑去找妈妈。妈妈说，稻谷上细小的毛毛碰到了我的皮肤，是它们在暗地里搞鬼。没想到在医院工作的妈妈早就备好了抗过敏的药膏，我赶紧分发给了有需要的同学们。

同学们擦着药膏，吃着我们为大家备好的西瓜，嘴里还不住地喊着："明年我们还要来！"

永远的嘟嘟

6月1日 星期日

罗慧沣

今天是拍摄毕业照的日子，我差点不能出现在照片里。

刚上一年级的时候，我还完全处于懵懂宝宝的状态，妈妈想了很多办法也没用，最后认定我得再回幼儿园读一年，还到学校说明了情况。

第二天一大早，严老师把我叫出教室，双手紧紧地搂着我，对我说："嘟嘟，昨天晚上严老师梦见你了，我出差回来，你牵着我的手，把自己画的画送给我，还不住地把小脸往我的衣服上蹭，可是你后来难过地告诉我你不想走，是爸爸妈妈对你的表现很失望。严老师都急哭了。"听到这里，我的眼泪大颗大颗地掉下来。

"那老师问你，你想不想回幼儿园？"我不住地摇头，哭得更伤心了。严老师那双温暖的手一直紧紧地搂住我，那股温暖直冲进我的心里。

我渐渐平静了下来，严老师微笑着问我："今天早上，我跟你爸爸妈妈申请了一个月的时间。就在这一个月里，我们一起努力，我们要让大家看看嘟嘟是可以当小学生的。"我的泪水又在眼眶里打转儿。就这样，我再度回到了这个班级。

我开始把学习当成一件重要的事，严老师悄悄告诉了我一些学习的小妙招。第三周的时候，我的语文成绩居然一下子从54分变成了100分！我记得那天的严老师开心得像一个孩子，她让我举着这张百分试卷站在讲台上，还给我拍了照。同学们都为我鼓掌。这是我人生中的一个转折，它不仅让我彻底甩掉了“语文黑洞”这个噩梦，还让我在生活中充满了自信。

庆幸的是，我依然可以在严老师的呵护下如宝宝般自在成长。有一次我们班上公开课，市教育局的局长都来了。严老师问我们有领导来听课紧不紧张，我兴奋地说:“怕什么呢? 严老师，您就是我们的领导呀! ”严老师接着说:“嘟嘟说得对，我们班的中队长、班长也是我们的领导。”这个时候中队长方希蓓站起来说：“我们是自己的领导，我们是自己的主人，我们做最好的自己。”我羡慕方希蓓能说出这么伟大的话，可是严老师却称赞我说的话好可爱。

那天的公开课上严老师想画一棵树却怎么也画不好，我忍不住喊了一句：“严老师，让我来帮你吧! ”她和听课的老师都笑了。我以为上课插嘴犯了错，可是严老师告诉我，老师们笑是因为我天真无邪，大家都喜欢这样的孩子。

在小学六年里，严老师给了我一个特权，她叫了我六年的小名——嘟嘟。不论我说什么傻话，严老师总会笑眯眯地望着我，还说我是她永远的嘟嘟。

没人嫉妒，那多没意思

5月27日 星期一

刘奕松

冰块又在日记里说我坏话了。

这则情报是昨天下午含片看他的日记时得知的，她马上告诉了麻花，麻花又告诉了老刘。就这样传来传去，我的好朋友全都知道了这件事，且愤愤不平起来。他们相约写一篇揭发冰块诬陷我的日记。

我一开始还觉得奇怪呢，之前是谁暗地里写了我那么多坏话，还害得我在语文课上莫名其妙被点名批评，原来这一切都是“日记狂人”冰块所为。我心中涌起了一团怒火。

今天早上吃早餐的时候，愤怒的老刘把我拉出教室，对我说：“牛米，我们不能再忍下去了，马上就要到检查日记的时候了，冰块一旦把日记上交，严老师肯定又会批评你的！”“自从严老师点评你的那篇反思达到了中考满分作文的水平，他看你的眼神都不对了！”“可……可是……”“别可是了，我和麻花也各自写了一篇反击他的日记，赶紧去把这件事告诉严老师吧。”说完他叫上麻花和冰块，一起来到了严老师的办公室。

“严老师，冰块又在写诬陷牛米的日记了。”老刘说着把日记本递给了严老师。

“我也写了一篇说明实情的日记。”麻花跟着说。

严老师坐在椅子上，翻看着他们的日记。办公室里静极了，只有严老师一页页翻阅日记的声音。过了许久，严老师把他们三人的日记看完后抬起了头。

“冰块，嫉妒牛米了啊！”冰块的脸瞬间红了。

严老师接着点评了我那两个好朋友的日记。老刘写得有些偏激了，不过作为一名老班长，这种心情可以理解。麻花写得比较公正，委婉地指出了冰块的错误。

“其实同学之间有这种小矛盾很正常，大家不要太在意了。”严老师说着就让他们回教室了，留下我一个人呆呆站在那里。

“牛米，被人嫉妒了呀，而且是全班同学都认可的‘日记大王’。没什么好生气的，被他嫉妒就说明你的强大，这难道不是该高兴的事吗？”我顿悟，瞬间感受到了“冰火两重天”的心情。

“没有人嫉妒，那多没意思呀！”严老师最后这一句话，让我眼前顿时一片灿烂。

恬静美

11月23日 星期五

张垶墁

“辛弃疾的这首词有一种恬静美，女孩子都喜欢别人夸她恬静，我垶墁什么时候才能有恬静美呢？”

课堂上听到杏子老师的这句话后，我顿感惊喜。要知道，最近我不停地和老师钻牛角尖，每一个知识点都要弄得清清楚楚，杏子老师偏说她喜欢这样“斤斤计较”的我，今天还当着全班同学奖励我一个这么亲热的称呼——“我垶墁”。

欣喜过后我也在想，什么时候我才能拥有恬静美呢？

从小我就是一个大大咧咧的女孩，爱较真，遇事总要分出个输赢。一年级时，杏子老师博客里留下了这样的文字：

“垶墁是个长得很秀气的小美女，可她偏偏有个分贝极高的大嗓门。”“今天，垶墁又受伤了！”“在今天的辩论中，垶墁非得让大家承认‘我的杏子老师是世界大美女’，我不得不赶紧叫停。”那时候的我较起真来连老师都感到紧张！

我特别好动，爸爸说我只有睡觉的时候才是安静的。妈妈却在一边说：“不对，就是睡着了那脚都在乱动呢！”

我的家乡在江南，我也是一个典型的江南女子的形象，很多人夸我长得甜美。但是，千万别被我的外表给欺骗了，我可不是手拿着油纸伞在西湖边散步的女子，我是响当当的跆拳道黑带二段哦！

在道馆里还有一个关于我的传说呢。之前我一直在修炼品势，品势讲究的是姿势动作到位，实战性基本没有。后来我转到搏击班时，班上一个男孩子有些看不起我，一直在挑衅。他说我的踢腿是花架子，打的是绣花拳，看我不搭理他，他愈加大胆，故意踢我、撞我，甚至公然打我。有一回，我实在忍无可忍，一反往日的笑脸，目光凌厉直盯着他。紧接着，我大步走过去狠狠给了他一个过肩摔，让他一点反击的机会都没有。他在小伙伴们的哄笑声中艰难地爬起来，事情就从这一刻消停下去了。后来教练还批评了他，告诉他千万别再小看和欺负貌似柔弱的女孩子。

杏子老师一直很喜欢我的率真，还说我的“斤斤计较”成功地从对身边的人转移到对待知识上了。可是日益长大的我，究竟什么时候才能拥有一份特属于女孩子的温婉恬静美呢?

你愿意吗？

4月1日 星期六

郑然尹

今天，嘟嘟的日记被严老师表扬了。严老师看日记的时候，我就见她笑个不停。我很好奇，到嘟嘟走下讲台时，我让她给我看看，她很不好意思地递给了我。

日记的主题是“求师记”，我笑了笑，嘟嘟居然想求师！真想知道她要拜谁为师。

看了一半，我才知道她竟然想拜我为师，觉得我画画比她好，写字比她好，写作也比她好。我想起了前两天，她总是来我身边愣蹭。

大前天，嘟嘟每到下课就会趴在我的课桌前不停地发大招——卖萌。

“伊伊（她给我起的名字），你能教我画画吗？”

“伊伊，你能教我写字吗？”

“伊伊，你能教我写作吗？”

“伊伊，你能教我学习吗？”

面对她一连串的问题，我没太放在心上，以为她是说着玩呢。

再说，我觉得嘟嘟挺优秀的。论画画，她有自己的风格，画的漫画人物和动物都很灵动。论书法，她的结构、笔画也不差，一手好字次次都得到严老师的称赞。说到写作，我还很喜欢她自由自在的那份纯真呢！严老师一直都说嘟嘟很有灵气，没有杂念，是一个可爱的孩子，身上的灵气可是学都学不来的。

我想着没什么能教她的，又怕教不好反而把她的画风带偏，就只好对她说：“我没空，你去找别人吧。”

过了几节课后，她就没再来找我了，我还以为她放弃我去找别人了呢。看了她的日记我才知道我伤了她的心呢！

不过，嘟嘟你这么看好我，如果你还愿意拜我为师的话，我一定会把自己会的东西全都教给你。

你愿意吗？

为一枚硬币而战

4月12日 星期五

丁少杰

今天，我们班的两位同学为了一枚硬币而“宣战”。

事情是这样的。下午我刚走进教室，便看见牛米和林果正兴奋地在柜膛里捞着什么，于是我好奇地问：“你们在干什么？”林果说：“不知谁在牛米的柜膛深处的木板里塞了一块钱。”说完他们又继续争夺了。

我笑着说：“那你们就公平竞争，谁先捞到就是谁的。”话音未落，只听当当当的响声，这枚硬币伴随着木渣一起掉到了课桌下面。牛米迅速冲向硬币的方向，林果也不示弱，顺手紧紧地抓住牛米的衣角，牛米被拉扯摔倒在地，林果借机飞快地扑向硬币。本以为这场争夺就这样结束了，谁知牛米灵活得像只小猴子，紧急关头用他的“牛蹄子”向硬币一个扫腿，让林果扑了个空，牛米趁机将硬币压在屁股下，林果根本推不动牛米，只好挠牛米痒痒，牛米一下子跳了起来，林果捡起硬币逃走了。

“还给我！”牛米发出绝望的叫声。

林果跑到楼梯口时，牛米突然从拐角的地方跳了出来。“你逃不掉了！”牛米大喊道。没有防备的林果吓得掉落了手里的硬币，牛米立马捡起硬币跑了，只剩下目瞪口呆的林果留在原地。

回到教室，牛米兴奋又紧张地拿出硬币，突然变了脸色：“咦，怎么是一毛钱？”

一旁观战的同学都哈哈大笑起来。

反思

10月24日 星期三

刘奕松

今天上音乐课的时候，音乐老师叫了我一声，告诉我音乐考试我还缺了唱歌这项。我面临两种选择：一是这节课直接唱给大家听，二是这节课先找一个人练好再到办公室唱给她听。由于我还没有准备好，所以毫不犹豫地选择了第二个。

我马上找了最信任的人——麻花来练歌。可能是我唱的声音稍微大了点吧，又不好听，五音不全。音乐老师就把我和他的名字记在了黑板上。可我真的是在努力地学啊！顷刻间，疑惑占据了我头脑中的巨大空间。这不是音乐老师让我这节课练的吗？子曰：“不患人之不己知，患不知人也。”不担心别人不了解自己，而要担心自己不了解别人。我不禁想，我真正了解音乐老师吗？从这件事的做法来看，难道她是一个不信守诺言的人？还是别有用意？

我回过头来看了一眼音乐老师，她正对着我们俩微笑。微笑仿佛能解开所有心结，我头上的疑云又在刹那间消散了。我心想：莫非是老师写错了？她平时就有这个毛病，这次肯定又犯了。我想着想着，也就没在意了，继续与麻花练起歌来。

子曰：“道不同，不相为谋。”志向、主张不同，便不在一起谋划共事。我跟麻花正是因为志向、主张一致，所以很快就可以把这首歌流利地唱出来了。但就在这时，老师的一句话打断了我们：“李奕煊、刘奕松起立！”很明显带着责备的语气，全班人的目光“唰”一下都扫过来了。子曰：“巧言令色，鲜矣仁。”花言巧语，一副讨好人的脸色，这种人是很少有仁德的。可我们的脸上坚定不移，语气也很严肃：“老师，我们到底犯了什么错？为什么要让我们站起来？不是你让我们上课练歌的吗？”老师笑而不答。

下课后，我们就这样被叫到严老师办公室，我自始至终都没明白发生了什么，以及我为什么被叫到了这里。子曰：“朝闻道，夕死可矣。”孔子曾说过：“早晨领悟了真理，要我当晚死去都可以。”由此看来，懂得了道理，比什么都重要；如果就那样白白死去，那也会死不瞑目的呀！但我就是没有明白缘由。

严老师停顿了一会儿，说让我们每个人写一篇反思。都怪我不好，早知道会是这样的结果，我就不会找麻花练歌了，还连累他陪我一起受罚。悔恨的泪水不禁从我的眼眶里流出，但这一切全都“归功”于音乐老师。她那个“谜之微笑”里到底隐含了什么呢？还是……这些全是她设计好了的，那她的目的又是什么呢？是希望我吸取这一次“教训”，以后音乐课表现好一点吗？事情已经发展到这个地步了，我只能这么想了。

曾子曰：“吾日三省吾身：为人谋而不忠乎？与朋友交而不信乎？传不习乎？”曾子说：“我每天多次反省自己，为别人办事是否尽力了呢？与朋友交往是否守信了呢？老师传授的学业是否复习了呢？”的确，我很少思考这个问题。上音乐课时，我真的认真听课了吗？一般在那时，我都会写别的作业，或者随意唱歌，违反课堂纪律，这方面我做得真是太差劲了。

我总算理解了音乐老师的良苦用心，不过还有一点我觉得她做得不对。“己所不欲，勿施于人。”我相信老师肯定是不愿意批评我们的，让我站起来也就算了，我平日确实表现不好，但为什么要把这批评指向麻花呢？他是无辜的啊！他是受我邀请才过来诚心诚意帮我练歌的。老师的“计划”也就这一点不周全，她没有考虑到我会找同学来帮着练歌。音乐老师对我日常的生活可能没有深入了解，以致造成了这样的后果。

“人不知而不愠，不亦君子乎？”别人不了解自己，可我自己并不生气，不也是有道德有修养的人吗？如果再这样埋怨音乐老师，我就不是个君子了。但现实告诉我，我想得实在太多了。也许根本没有这回事，纯属是我的想象罢了。老师让我们“练歌”也应该是让我们跟着她唱。子曰：“《诗》三百，一言以蔽之，曰‘思无邪’。”孔子还说了：“《诗经》三百篇，用一句话来概括它，那就是思想纯正无邪。”假如再有这些小心思，那我也很难回到从前的状态了。

看来，写反思是我改正错误最好的方式了。

落俗套

7月26日 星期二

杨育鸿

今天，我把作文发给了严老师，严老师把我的作文发到了班级群里表扬。正当我高兴得手舞足蹈时，严老师在下面补充说，把开头那一段删掉会更好。

我赶紧仔细地检查了一遍作文，没有发现什么问题。我又送给爸爸检查，爸爸也觉得没问题。这就奇怪了，为什么我和爸爸都觉得没有问题，而严老师就觉得不好呢？

于是我又去找范文，《教材全解》上的、百度上的都翻了个遍，里面的开头要么比我的差，要么和我的一样好，可为什么严老师就是不喜欢我的开头呢？

我静下心来重新看了一遍文章的开头，这段话先用厨房里的调味料来总体表述自己对往事的感受，既不平淡也不啰唆，直接指向了最记忆犹新的那件事。按我以前在课外作文班里学到的技法，这样的开头不管放在哪一篇文章里都是精品啊。

这时，我突然想到问题所在，也许正是放在哪一篇文章里都行。严老师说过，我们写的文章应该有属于自己的个人体验，不能落俗套，而我这个开头放在哪篇作文里都行，这不就“套路”了吗？

我经过两个半小时研究，终于找出了问题，并且让妈妈在群里回复：

“好的，谢谢严老师点评。”

〔附〕

那一刻，我记忆犹新

往事，就像厨房里的调味料，有酸，有甜，有苦，也有辣，其中有一件事令我记忆犹新……

那是春天的一个早晨，外面正下着大雨，我趴在窗台上看风景。忽然，一只青蛙吸引了我的注意力，它被困在虎刺梅丛中了。青蛙想跳出来，可是虎刺梅太密了，而且上面还有锋利的小刺。

这时，一个举着蓝色大伞的小男孩走了过去，他也看到了那只可怜的青蛙。他走到了虎刺梅丛旁，把雨伞放在了一旁，豆大的雨点落在了他的头上、衣服上。他小心翼翼地用手把虎刺梅拨开，应该是想让青蛙跳出来，可是青蛙一动不动，估计奄奄一息了。

小男孩带着雨伞走了，我以为他放弃了，没想到过了一会儿他又回来了，手里还拿着一把小剪刀，此时，他身上已经湿透了。他用剪刀把虎刺梅的刺给剪了，然后轻轻地把青蛙捧了出来，脸上露出了喜悦的笑容。

时间仿佛在这一刻定格了，这个小男孩的笑容是那么纯真。

那一刻，我记忆犹新……

这不仅仅是一盘棋

2月23日 星期五

马艺菡

今天的围棋课，老师安排我和梓饶一起下棋。

梓饶是我们围棋班里棋技最弱的学生，她学习的时候很认真，棋却下得不怎么好，在我们班还没赢过谁一次，所以赢棋便成了她最大的梦想。而我，却是班里棋技很不错的学生。所以听到老师的分组后，我心里是暗喜的。哈！要赢她太容易了！我的运气怎么这么好呢！

我们开始下棋了，一开始我就处于领先的状态，棋速很快，颇有些大将的果敢。梓饶则下得小心翼翼，每一步都显得犹豫不决。也许因为我过于轻敌，棋势不知不觉发生了变化，虽暂时看不出胜负，但似乎对我有些不利。棋友们好像也嗅到了“战争”的气息，纷纷聚拢在我们这一桌的四周。

我一紧张又走急了一步棋，似乎对手赢的可能性更大了。我有些慌了，要是我这名“大将”输在了这“无名小卒”手上，那可是会闹笑话的。我紧急调集自己全部的智慧，飞速地盘算着如何可以战胜她。此刻的她倒是气定神闲，依旧每一步都深思熟虑。

值得庆幸的是，通过我的战术调整，局势再次扭转。就这样，我们不分上下地僵持了很久。

不幸的事情还是发生了，她用一颗白子定了乾坤——她赢了。

在老师要宣布输赢结果的时候，梓饶突然指着两颗棋说：“我输了，老师。

你看马艺菡这里的两颗棋是活子，我刚刚没仔细看。”

老师看了看她指的棋说：“的确，你输了。但是你为什么要说出来呢？”

“因为我要赢得心服口服。”梓饶不假思索地说。

她完全可以不说出来，然后赢了这局比赛，实现自己的愿望，可是她没有这样做。

晚上，赢了这盘棋的我，哭着对妈妈说：“这不仅仅是一盘棋啊！”

做一个有准备的人

6月2日 星期五

梁甘达

今天，得知语文课一开始就要听写，我的心一紧，居然给忘了，顿时惊慌失措。

“准备听写！”平时我觉得严老师的声音很温柔，今天怎么有点刺耳。

一开头，我勉强能写出几个生词，然而接下来，不会的生词逐渐从一个到两个，老师读的生词越来越多，我和生词之间像隔了一层纱，感觉想到了，却又写不出。我翻滚眼球，反复而费力地搜索这些生词的影子，却实在记不清它们长什么模样。后来，这一层纱就彻底变成了一堵厚厚的墙，透过它我完全看不见生词了。我内心开始哀嚎，手心冒汗，放下笔，使劲擦衣服，听着一个个陌生的词语从耳边掠过，却一个都拦不下来，急得抓耳挠腮。

此时，我深深体会到了那种想写又写不出来的痛苦。我转头看向了旁边的老同学刘炫宏，他好像早已做好了充分准备。这时候的他面带笑容，眉头舒展，老师每说一个字词，他都能心领神会。看着他那么自信的表情和姿态，我第一次体会到了羡慕、嫉妒加“恨”的滋味，要知道他以前从来没有超过我的。现在，他那份骄傲深深挫败了我。

老师听写完了，我看着听写本上稀疏的几个字词，怯怯地、慢吞吞地把听写本给了严老师，紧张地注视着她的表情。严老师看了看我的听写本，侧过头，平静地对我说：“梁甘达，这是你的听写？”“嗯。”我默默地把脸埋在胸口，两耳燥热如火烧，然后用蚊子一样的声音说：“我忘……忘了今天要听写，昨晚没复习。”“在我眼里，你不应该是这样子的，下次要做好准备呀！”

严老师虽然给了我机会，没有责备我，但我狠狠地在心里骂了自己千百次。我在焦灼中对严老师常说的“做一个有准备的人”有了深深的领悟。

心儿怦怦跳

6月27日 星期四

李秉轩

我又犯错了!

原因是这样的：今天上科学课时，因为一只“黄蜂老师”（综合老师名为“黄锋”）飞了进来，在躲避过程中，我和张埣墁四目相对。或许是我的超能力发动了，她莫名其妙地笑了起来。看到她傻笑的样子，我也忍俊不禁。都说笑是可以传染的，刘大月也情不自禁地加入了傻笑的队伍。

俗话说：天有不测风云。我刚笑完还没来得及喘口气，就被科学老师发现了。要知道，因为上科学课一直不太认真，我早就成为科学老师“觊觎”已久的“猎物”。果不其然，按正常程序，我被方希蓓押到严大大办公室去了。

我以前因为犯错去过几次办公室，也算是有经验了，可一想到严大大那似生气又不似生气的表情，还是有些提心吊胆的。在严大大的办公室门口，我迟疑了很久，猛吸了几口气，才鼓起勇气走了进去。

严大大看见我进来，知道我又犯错了，就把我晾在一边不理我。空气仿佛凝固了一般，周身弥漫着恐怖的气氛，我就像在刑场上的死刑犯，临刑的时候，刽子手却迟迟不动手，明知道自己要死，却不知道什么时候会死。

时间一分一秒地过去了，恐惧感充满了我的心头。我的心越跳越快，安静的房间里好似只剩下我的心跳声。这时我的身体不由自主地向门口挪了一些，甚至有种想冲出去赶紧逃离的冲动。

时间过得越久，我的心跳也越快，大脑开始混乱，浮现出各种不祥的预感。就在这时，严大大说了一句让我意想不到的话:“把今天的事写下来。”听到这话，我怔了一下，心中那个千斤的“鼎”顿时落了下来。

一块巧克力

5月2日 星期四

孙振曜

在今天的语文课上，刚从英国回来的严老师把带回来的巧克力分给我们，一人一块，我视若珍宝。

巧克力有四种颜色，我拿到的这块巧克力，是绿色的糖纸，大小和一块橡皮差不多，包装纸中间大大地印着这个巧克力的品牌“GODIVA”，并标明是起源于1926年。同学说不同的包装是不同的味道，有的有点苦，有的散发着浓郁的奶香，还有牛奶坚果和牛奶榛子味道的，我估计我拿到的这块就是牛奶榛子味的。

一打开包装，就有一股淡淡的奶香扑鼻。我轻轻地咬了一口，尝到有点苦味，但是在这苦味当中，又隐藏着一丝香甜的气息，这种气息仿佛在引诱我再来一口。我终于忍不住了，又咬了一小口，慢慢地咀嚼，吃着吃着便感觉可不普通了。它味道的转变特别大，好似沉睡在低谷的香甜被我口中的热气惊醒了，马上起身往上冲，瞬间将苦味压制到下面，那味道简直快要使全身的血液沸腾。不仅如此，那入口即化的巧克力变成了浓厚饱满的可可酱，不像水，特稠，慢慢地从我的嗓子里滑下去，让我回味无穷。

这果然是世界上最好吃的巧克力啊！

我和林果

9月20日 星期二

黄东煜

今天语文考试的成绩出来了，我的好朋友林果考得出奇好——96分。其实他的分数我们昨天都知道了。昨天上午严老师在英语课上“闯”进教室，迫不及待地告诉我们关于林果史无前例超过95分这个喜讯。

我拿到卷子之后，叹了口气，92分。我的心情非常低落，唉，我比平时考试都上不了80分的林果还低几分。不料麻花还给我来了个火上浇油说：“肉松你这题错了，你得让严老师扣分。”

“这……”我犹豫了一会儿，还是上去了。因为诚信比什么都重要。卷子交上去之后，严老师也没说什么，在卷子上把分数改成了91。

大课间的时候，我仔细检查了林果的卷子，发现有两道小题漏了没做，于是我对他说：“林果你这两道题没做，你得去找严老师扣分。”

林果犹豫了许久，可能是好不容易考到了95分吧。于是我又对林果说：“林果你不想扣分就算了吧。”“不，我还是得扣。”

林果走到严老师办公室门前，再次犹豫了一会儿，才走了进去。

不一会儿林果蹦蹦跳跳地出来了，脸上还带着忍不住的笑。我说：“林果你怎么扣了分还这么高兴？”“严老师奖励我的诚实，所以没扣我的分。”

“啊，严老师为什么没奖励我？”

可林果脸上写满了高兴，于是我不再问了。林果考95分确实不容易，我不想破坏他的心情。

粘粘乐

6月9日 星期五

郑然尹

近段时间班上的方块蓓、老符号又掀起了粘粘乐的热潮。拥有商业头脑的马艺菡立刻捉住了“商机”，在班上贩卖粘粘乐。

粘粘乐是一个用特殊胶质做的小圆球，球球的样子像我吃过的糯米糍，拿在手上的时候软软的，可以随便捏，用力挤压也不会破。可能因为临近期末，“压力山大”，所以同学们找到了这个能解压的好东西。

有了这个好东西，爱捣蛋的同学又找到机会了。

下午时，我看见方块蓓桌子上有三个粘粘乐：一个皮卡丘，一个小猫，一个老虎。我拿起了黄色的老虎，想看看这个小玩意。

“给我玩！给我玩！”同桌袁予泽跑了过来，夺过去就开始用力捏，又使劲往黑板上扔，“啪”，这球球就粘在黑板上了，粘得牢牢的。

袁予泽将粘粘乐从黑板上拽下来，又继续往黑板上扔。我看着好玩，也试了几次。哈！真有意思，用力地扔，让它粘在黑板上，再拽下来。“啪”是扔上去的声音，“嗞”是拽下来的声音，我脑海里浮现了课文《刷子李》中刷子李粉刷墙壁时的样子。

“哈哈哈！”魔性的笑声从我耳边传来，刘奕松抢走了粘粘乐，一边笑，一边学着我们扔出去。是他太用力了？是他太兴奋没有看方向？是他故意的？我不知道，总之，他把球球扔上了天花板，周围的同学都乐了，同学们纷纷聚过来凑热闹。

老符号觉得，一定要把这球球弄下来，因为这球球粘在了讲台的天花板上。这个东西的黏性虽大，但粘的时间不长，万一老师在讲课的时候，掉在老师的头上，后果不堪设想。

于是，班上几位个子高的同学自告奋勇，轮流手拎扫把，脚踩板凳，试图用扫把的棍子头把球球扫下来，但没有成功。这时，人群中有人提议用两个扫把的棍子头像筷子一样把那个球球给夹下来，然而还是力度不够。

同学们纷纷看向还在一边看书的孙振曜，要知道他可是跆拳道高手，看来得请他来帮忙。

终于，大家齐心协力把球球取了下来。同学们松了一口气，各自回到了座位。

没过两分钟，只听到啪的一声，听得我心里一惊。

“啊！刘奕松，你怎么又扔上去了？”

庄园捉虫记

3月3日 星期五

李奕煊

在学校里，我们有自己的小庄园，庄园里有我们精心栽培的植物。今天早上，我又去庄园看望它们。

到庄园时，我看见黄瓜和冰块（我们的组员）正在花盆里翻来翻去找东西。原来，周末的时候下过雨，现在又生虫子了。

我们“冰麻黄”三人组成了捉虫小分队，现在该是我们正式出手的时候了。我们拿起了除虫武器：大锄头和杀虫药——大蒜水。冰块把大花盆搬了起来，我们都吓了一大跳，天哪！好多虫子密密麻麻地在花盆下爬来爬去。

我们立即开工：黄瓜拿起了大锄头，冰块扶住大花盆，我用大蒜水对着虫子喷射，没喷几下虫子就被熏得动弹不得。哈哈！上一次虫子就是败在我们的大蒜水上的。我们正在高兴的时候，刚刚被我用大蒜水喷晕的小虫，竟然又“活”过来了，再次锲而不舍地冲了过来。眼疾手快的黄瓜一下子用锄头按死了两只虫子，我马上喷大蒜水配合，定住了它们，给黄瓜创造进攻的机会。

通过天衣无缝的合作，我们终于把虫子消灭了。哈哈，庄园里可少不了我们这么能干的捉虫小分队哦！

格桑花公主与王子

6月22日 星期五

易 添

六月，杏园天台上的格桑花竞相开放。“格桑”在藏语中是幸福的意思。它是一种生长在高原上普通的花朵，枝干很细，花瓣粉嫩，看上去弱不禁风，可风越狂，它越挺拔；雨越大，它越翠绿；太阳越强，它开得越灿烂。杏园里的格桑花虽不在高原，但在六月多风雨的南方，也给我们带来了许多的震撼。

前几日，班上评选“格桑花公主”，高同学种的格桑花获奖，着实让同学们羡慕了好一阵子。

今天下午刚下第二节课，就听见外面轰隆隆的闷雷作响，糟糕！各个小组同学迅速放下书本，一股脑涌到天台察看各自的“领地”。

“含片，快把雨伞拿过来！这多肉植物不能淋太多水，抢救抢救！”

“老易，我们的辣椒需要支架！不然一会儿风大了，它会‘牺牲’的！”

“好嘞！”我应声跑回班级找可以做支架的材料。

…………

十分钟，就十分钟，上课铃响起的时候我们的救援工作正好完成了，窗外的雨开始噼里啪啦拍在窗上……我们却分外欢乐。刚进教室的杏子老师有些不解，同学们抢着汇报课间的大动员抢救行动。每个人的脸上都挂着得意，巴巴地期盼着杏子老师的夸奖。

“好吧，今天你们都是杏园里最坚强、最美丽的‘格桑花公主’。”

“啊——”男孩子瞪大了眼睛。

“和——‘格桑花王子’。”

“哈哈——”

“上课！‘公主’和‘王子’起立！”中队长突然一嗓子，全班刷地起立，一个也没落下。

被礼让的“获奖”

3月10日　星期五

戴子为

今天是一周一次的读书日，我很荣幸地被选上了“真、善、美”中的“美”，而一件将令我恒久难忘的事，就从这里发生。

等了整整一个星期，严老师终于开始念日记了。我那激动而又兴奋的目光在一堆日记中来回搜索：这本蓝色的？不是。那本白色的？也不是。咦？等等！这本黄色的……不就是我的吗？我表面装作无事，其实内心却像跳街舞一样。真不知道我那几根可怜的小肋骨能否保护住那一颗动力十足的心脏。

一本、两本……十本……不知等了多久，严老师终于开始念我的日记了。我听着听着，觉得我的写作水平完全配不上严老师那高超的朗诵水平，就好像是“一朵鲜花插在一坨牛粪上”。

经过同学们激烈的选择后，我和高艺函同学成了仅有的两个候选人。本来高艺函同学是超过了我的，但因为我的运气，再加上高艺函同学的礼让，我就这么“获奖”了。

如果在未来，我能成为一名写作高手，在我眼前出现一个能让我获得荣誉的机会与一个同时竞争的弱者的话，那我也一定会把这个机会让给那个弱者。但在此之前，我要变成强者！

加油！戴子为！加油！小小少年！

日记本的伤痕

12月12日 星期三

李奕煊

我喜欢看日记本的封面，因为封面上有我画的漫画。

每天我都笑眯眯地翻开我的日记本，记录我的心情。可是，今天我却笑不起来了。日记本封面右上方有一道撕过的伤痕，这真让我心疼。

就在昨天早上，我和我的同桌符誉吵了架，我们越吵越厉害，连符誉派出的“两员大将”都被我打了下去，符誉要发狂了。

果然不出我所料，她要亲自上阵，我可是她的手下败将，且屡战屡败。见她亲自出马，我仓皇逃跑，但刚跑到教室外面，回头一看，天哪！她们正在动我的日记本。我马上跑了回去，日记本可是我的宝贝啊，就算风险再大，我也要拿回来。但当我回到教室时，她们高高举着我的日记本，做出一个要撕日记本的动作，对我说：“你要是敢靠近，那你的‘本命’就不保了。”

天哪，她们一下子抓住了我心爱的日记本。我先是怔住了，后来又想，我为什么要怕她们，她们真敢撕吗？再说我的日记本可不是一般的厚度，料她们几个小女子也撕不动。想到这里我就冲了上去。就在这时，符誉一用力就把封面撕烂了一点，她知道日记本对我意味着什么，所以马上又扔回给我。

我一看急得都要哭了，真是太过分了！如果这是她们自己的日记本，她们忍心撕坏吗？我真想也撕了符誉的日记本，为我的日记本“报仇”。但是我忍住了，故意损坏别人的东西是不对的，我堂堂男子汉不能这么做。

可是符誉，你知道吗？这本日记本记载了我的喜怒哀乐、我的点点滴滴。只有真心付出了才懂得珍惜，你为什么不明白这种心情呢？

校长来上科学课

3月20日 星期一

戴子为

今天真的是太令人欣喜若狂了！我们的新校长居然要亲自来给我们上一节科学课。这使我们激动到了极点。

“丁零零……”上课了。曾校长的身影从窗口一闪而过，我们马上端正坐好。几秒钟后，校长进来了。

随着窗外不断照射进来的阳光，我开始打量这位彬彬有礼的校长。他大概四十出头，身高一米七五左右，那瘦削的身体上套着一件绿色的格子衬衫，从气势里能看出一分休闲，但腰下的鳄鱼皮带和脚上的高质皮鞋却透出绅士身上才有的那种气度。

开始上课了！曾校长，不，现在应该叫曾老师，给我们发了两个鸡蛋和一个放大镜，要我们观察鸡蛋的外壳。我拿着放大镜，仔细地观察着那个鸡蛋。我发现上面有许多小孔，曾老师说那些密密麻麻的小孔叫气孔，小鸡快孵出的时候就是靠这些小孔呼吸的。

曾老师要我们打碎蛋壳，观察鸡蛋里面的结构。我和刘奕松用笔盒砸开了蛋壳。预想中的蛋液并没有流出来，原来这是一个煮熟了的鸡蛋！鸡蛋分三层：中间层是蛋白，富有弹性；蛋白外面包裹着一层薄薄的膜，比较透明，十分光滑；最里层的蛋黄颜色金黄漂亮。看到食物，饿了一个上午的同学们都眼冒金光。可是曾老师并没有同意同学们吃鸡蛋啊，而我又是我们组的组长。

“大家不能吃蛋！”我吩咐道。可此刻，没人会听我的话。劝解他们不听，我只能用行动表明了。我拨开了蒋静怡的手，又拦住了黄思源的进攻。但是，双拳难敌四手，刘奕松抢去了蛋，他们三人立马在一边美美地吃了起来。蒋静怡分到了蛋白，刘奕松和黄思源平分了蛋黄。看蛋就这样变成了吃蛋。

看着他们吃得津津有味的样子，我也不禁流起了口水。

“可……可以分我一点吗？”

课堂上的争执

4月20日 星期五

王思睿

似乎没有丁点脚步声，严老师就飘飘然进了教室。她扫视了一圈坐姿端正而又跃跃欲试的同学们，嘴角扬起了一丝微笑，看来她十分满意。接下来几位小老师要主动上台，开启今天的课程互动。

今天要学习的课文可是《三国演义》中一个非常著名的典故——《草船借箭》，讲述的是诸葛亮在周瑜的种种刁难下，竟然三天不到就向曹操“借”了十万支箭的故事。“草船借箭”更为后面的“赤壁之战”奠定了基础。

一切进展顺利，几位小老师有的放矢、有模有样地进行课堂教学，我们则有条不紊、有声有色地积极参与。这时一旁的严大人突然下达旨意，命老刘回答“诸葛亮和周瑜两人的性格特点有何不同”，而且还必须用一组反义词概括。

哈哈，刚刚一直处于神游状态、连书本都没翻开的老刘，这下可惨了。只见他缓缓地站起来，沉思片刻后吐出四个字：“低调、自大。”

似乎这回答不是特别准确。此时，同学们都为他捏把汗。台下的我们议论纷纷，台上的几位小老师也在颇为严谨、认真地交换着意见。

就在这时，严大人又给老刘“当头一棒”，请他上台进行阐述。无奈走上讲台的老刘，兴许是慌了神，思路越跑越偏，说着说着便离题十万八千里了。他居然聊到了最近火热的中美贸易战，不得不佩服老刘的知识还真是渊博，但他竟然说：“中国虽没有美国强大，但这场战斗还是必打！”此时有人听出了点苗头：“这不是说我们自大吗？”更有人故意调侃：“原来周瑜是美国人啊！”

还没等几位小老师回过神应对，一向爱怼人的金大哥发话了：“我觉得周瑜没有老刘说得那么自大，他只是担心诸葛亮的聪明才智盖过自己而已。”我顺势补了一句：“没错，周瑜就是太嫉妒别人了！”紧接着，黄同学又说：“我同意王思睿的说法，周瑜就是嫉妒别人比他有才罢了，谈不上自大。”

我们“三英战吕布”让老刘无处可逃，最后他只好躲在了几位小老师的身后不再出声。

下课铃响了，教室里的同学还在三三两两地讨论用哪对反义词：“谦虚、傲慢”？“大度、狭隘”？

冷漠的麻花

9月7日 星期五

刘奕松

自从上午我不小心闯了女厕所后，麻花就不怎么理我了。

只因为刚下课我尿急，冲出后门拐了个弯看见了厕所就想进去。没想到我刚跨入半步就被我后面的麻花拉住了，原来我进的是女厕所！后面看到的同学都议论纷纷，还是麻花替我解了围。这件事我对麻花很感激。

下午第一节课时，我留意了一下麻花，他闷闷不乐，显然在生我的气。我叫了他几声，麻花一句都没回答我。

下课了，我紧靠着麻花身边坐下，而他冷漠地说："走开。"从他的眼神里看不出一丝友善。我回到座位，静静地想：我跟麻花是那么好的朋友，为什么他就不能原谅我的这个过错？多年来积攒的友情，难道今天就毁于一旦了？

我俯身看了看抽屉，里面有两块零食，不用说，一定是麻花给我的。

我的眼泪瞬时迸溅出来，麻花绝不是那样的人，他对我的友情怎么会说变就变呢？我不该怀疑他，麻花只不过是想让我好好反省罢了。

我跟麻花对视了一眼，领会了对方的心意。

一会儿，一个纸团划过一道弧线，落在了我的桌子上。打开后，我看到了这样一句话：牛米，如果你再闯女厕所的话，小心失去我这个朋友！——麻花。麻花这句话写得有点狠，不过按他这么说应该是原谅我了。

我立马又一如既往地嬉皮笑脸起来，在纸上回写：麻花，你真好玩，这么快就不生我的气了。哈哈哈！把纸条递出去后，我猛然间意识到自己不该在麻花余气未消时写那样的话。糟糕，纸条已经传到麻花手上了，这下他又变脸了。麻花看了一下，立刻把纸条攥成了球，转眼间就扔到“九霄云外”去了。

再一看，麻花的脸被气得通红，呼哧呼哧大口喘着粗气。

我知道又一次惹麻花生气了，得让他息怒。我把巧克力条扔到了他的桌上，原以为他会很高兴，可没想到他只是默默叹了口气，把巧克力条放进柜膛里。我又将昔日他最爱吃的米饼里的花生递给他，他也摇了摇头。

放学了，麻花还是没有理我，我都快急哭了。在下楼梯的路上，忽然有一只手拍了拍我的肩膀。

“牛米，以后不要闯进女厕所了，那样很不好——”

“麻花？”

“牛米，我原谅你了！”

“真的？”

“嗯。”

“牛米，我们去玩吧！”

“好耶！”

补做三十个俯卧撑

3 月 29 日　星期六

谢文曦

吴老师好不容易才把我们这群吵闹的“鸭子”赶到楼下，女生排好了队，可男生还是吵吵闹闹的。

吴老师一怒之下让我们男生每人做三十个俯卧撑。可平时就不爱运动的我一个俯卧撑都不会做啊，我立马想了个好点子。吴老师一吹哨，我们就趴下，我顺势整个人都趴在了地上，等吴老师一来，我就立刻抬起身子，吴老师一走，我又趴了下来。我窃窃自喜：“我还是挺聪明的。”

同学们做完了三十个俯卧撑，筋疲力尽，我一身轻松，谁也没发现……站起来后，我们男生还是有点叽叽喳喳的。吴老师先对女生说：“你们跑完三小圈后就自由活动。”吴老师看了看我们，说：“有没有不能跑的？”李秉轩举手了，装作一副疲惫的样子，弓着腰，扶着小腿，虚弱地说：“我……我不能跑。”

“好，其他男生跑三大圈，”然后，吴老师放大声音说，“李秉轩同学跑五大圈。”

“好！”“老师英明！”“他就应该加量！”同学们不禁佩服吴老师的“火眼金睛”。

下课了，同学们边上楼边感叹：“辛苦是辛苦，流汗的感觉还是很舒服的。”

“运动使人痛快！”

“谢文曦，你说是不是？”

我突然有些愧疚。

放学回家后我做的第一件事情就是——补做三十个俯卧撑。

等你

6月9日 星期六

戴子为

周末早上八点，仍然是闻达的英语课。课堂上，黄老师推算出我们高考那天应是2025年6月7号。随后黄老师跟我们讨论起我们未来的职业梦想。

黄老师问我们：“你们大学毕业以后打算在哪里等你们的朋友？”

坐在我后面的威廉立马举起手说：“老师，我要在工地上等他。”

“哈哈哈……”他的回答立马让全场爆笑了起来。黄老师有些生气，就说：“你怎么这么没志向啊？”我倒觉得还好吧，也许威廉小时候的梦想就是成为一名工程师。

黄老师又问我：“阿不思，你想在哪里等你的朋友麻花？”

我毫不犹豫地说：“我要在下水道里等他。”

“哈哈哈哈……”一波更大的笑声响了起来，就连麻花本人都笑了。我补充道：“我只是想像忍者神龟一样，隐藏在下水道里，关键时刻冲出来保护大家，对于我来说，这样才算是真正的英雄。”

谁料“捣蛋大王汉姆·布莱德”也喊道：“我也要和阿不思一起成为忍者神龟！”于是，同学们不再那么拘束，更多新奇的说法出现了：“我要在太空等你，我要在南极等你，我要在森林等你，我要在联合国等你……”

我想，有些美好的事虽然可能一辈子都无法实现，但是我们可以让自己生活在梦想之中。

“神医”肖老师

9月4日 星期二

张垮墁

丁零零，丁零零……随着清脆的上课铃响，英语课开始了，今天我们要学新的单词。

每当这个时候同学们会比平时都要认真一些，生怕因为没认真听讲而不会读生词。当我们正在念 have a stomachache（肚子疼）这个短语的时候，周泽轶跑到讲台上对肖老师说：“老师，我要上厕所。”要是别人这样，估计肖老师也就答应了，这位小周同学鬼马精灵的，不知道他又有了什么主意。

肖老师诡异一笑，对他说：“来，告诉老师，你为什么要去洗手间啊？”

周泽轶毫不犹豫地回答：“我肚子疼。”

“那你告诉我，肚子疼这个单词怎么说？” 肖老师当然不会轻易放弃这个考查周同学的机会。

这是个新学的单词，好多同学都还不会呢！果然——周泽轶被难住了，站在讲台上支支吾吾半天也说不出来，最后不好意思地对着肖老师说：“我……我……我肚子不疼了！”

肖老师问：“真的吗？”

周同学说：“真的，一紧张真的就不疼了。老师，我回座位去了。”

同学们一阵哄笑。

哇！肖老师原来还是“神医”啊，简单的几句问话居然治好了周同学的肚子疼，厉害！厉害！

策策的强迫症

3月27日 星期五

李秉轩

最近我的学习组长策策像得了强迫症似的，每天都会在我身边走来走去，时时刻刻监督着我："你作业写完了吗？作业写完了吗？作业写完了吗？"搞得我做梦都会梦到他。

今天下午的自习课，策策如时来到了我的座位前。

我呼："你这厮，作甚？！"

策策应声答曰："我来监督你写作业。"

"唉，这'监管大人'又来了！"我叹了口气。

"监管大人"看了看我的作业说："你把第三题和第四题写完，我还要去看看老张写作业。"

像我这么一个调皮成性的人，怎么会乖乖就范呢？还没等策策走远，我就开始看漫画书，可能是我看得太入神了，竟没有发现他杀了个回马枪。他用恶魔式的双手一把夺过我的漫画书说："一心不能二用！快点写作业。"

我只好无奈地拿出作业本。哎，不停写作业的痛苦实在让人难以忍受，写了一会儿，我又忍不住拿出图画本开始涂鸦。但这次我吸取了上次的教训，用余光瞟着课桌旁边的走廊，以防策策突然袭来。

快要下课了，见策策没来，我又忍不住开始画画。没想到策策"卷土重来"，其实当他走到第三排时我就已经发现了他，可说时迟那时快，还没等我把图画本收进去，他就来到了我的课桌前，再次对我的图画本下了“毒手”。

策策就像装了一个电子眼探头似的，时时刻刻监视着我的一举一动，一点风吹草动都不放过。

再后来，策策这尊大佛见管不住我这只泼猴，便使用了他的必杀技——干脆一屁股就坐在了讲台前的台阶上，如五指山般岿然不动。

开始我觉得他的样子很好笑，两个眼睛微微地眯着，嘴巴抿成了一条直线，满脸的无奈中还有一点愤怒、一点着急。

可就在那么一瞬间，他无奈的表情触动了我。

“你真混！”我骂了自己一句，逼着自己静下心来。

我不想一个人吃巧克力

5月2日 星期四

戴子为

今天严老师刚从英国飞回来，带了一大盒巧克力给我们。她告诉我们："这是全世界最好吃的巧克力！"

我分到了一块浅绿色的巧克力，约莫一小块橡皮那么大。虽然老妈是一名医生，但她还是同意我们一周吃两块巧克力。我闻了闻气味，啧！鼻子都快香掉了，一定很好吃！我刚要打开巧克力时，却止住了手，回想起了从前的一幕：奶油她虽然很贪吃，但每回一有好吃的都会分我一些。记得三年级的时候，她的同学分给了她两个寿司，她自己吃了一个，却要把另一个带给我吃。总算到了放学，她急匆匆地找到我，要把寿司给我吃，可寿司放了一个上午，早就馊掉了。我不吃，她也看出来了，就闷闷不乐地扔掉了寿司。结果，第二天她又带了一颗大白兔奶糖给我。

想到这里，我不由自主地放下了巧克力，并问同桌马艺菡能不能将她那块黄色的巧克力跟我交换，她同意了。为什么呢？因为黄色是奶油最喜欢的颜色。

我把巧克力放进书包，黄瓜问我为什么不吃，我回答："因为我要分给我妹妹吃。"

在我眼里，这块巧克力不仅是世界上最好吃的巧克力，它还是一艘带着亲情远行的小舟。

“宝宝”长大了

4月16日 星期日

郑然尹

今天语文课上，严老师建议组长们主动上台给大家讲解题目。

“哪组先上来做个示范？”严老师问。

我心里早就想好了要讲的内容，哪道题要强调，哪个词语要板书，我都琢磨过了……但我因为胆子小，没敢举手。我的同桌梁天宝不停地鼓励我：“组长，上去吧！你能讲得很好的！”“组长你的语文功底很好的，没有人能比得过你。”我想让他小声点，别让老师听见，还没等我开口，他就抓着我的手举了起来，嘴里还不停地喊：“郑然尹！郑然尹！”

严老师看了过来，点了我的名字，让我上台讲课。我忧心忡忡地走上了讲台，担心出不了众的自己会讲得很结巴，又担心讲得同学们不理解，以致浪费了大家的时间，更担心没有小老师的样子，辜负了我的小“粉丝”梁天宝的期望。

我抱着书挪上了讲台，先打开了投影仪，但投影仪的打光灯是坏的，所以我一只手要扶着打光灯，另一只手还要操纵投影仪，因此手忙脚乱的。书皮很滑，一下子掉到了地上。还没等我弯下腰，梁天宝就冲上讲台帮我把书捡了起来，之后他半蹲着身子，靠在讲台一侧，用手扶住了打光灯。

我的心头一暖，用最快的速度把书放好，打开话筒，开始讲课。

“请同学们把书翻到……”教室里静悄悄的，只有我流畅而清晰地为同学们讲解题目的声音。

下课了，梁天宝迅速出现在我面前，他竖起大拇指，对我大声地说：“组长，你讲得真好！我全都听懂了！”我抬头看着他，笑了起来：“要没有你，怎么会这么顺利！”

谢谢天宝，被严老师称为“天线宝宝”的你长大了！

旺仔“小狐狸”

10 月 11 日 星期四

黄思源

不知道什么时候，我的同桌旺仔变成了一只“小狐狸”。

昨天下午，我买了一条曼妥思糖，一边吃一边走在放学的路上，结果，被后面的旺仔发现了。只见他一个灵活的弹跳，我的糖就到了他的手中：“黄瓜，曼妥思，给我一颗。”看在同学多年的分上，我就默许了。可没想到的是，他竟然得寸进尺地说：“只分我一颗，你太小气了！”

天哪，我本来就只剩下几颗糖了。旺仔的声音把不远处的老王给引过来了，老王也加入了此时的“讨糖大军”。我心想：不行，如果一直这样下去的话，很快就会有更多的人向我要糖的。

于是，我决定速战速决。

“好了好了，明天一人一颗，一人一颗！”看着两人满意的笑容，我以为这件事就这样完美终结了。

然而，并不是这样。

与老王分开后，我又向旺仔问了当天的英语作业，可是等他告诉我作业后，他又紧追不舍地说：“再加一颗曼妥思。”就这样，我又被他算计了一次。

今天一早，旺仔似乎觉得分配的一颗曼妥思还不够，便又一次设计了一道难题，一道只有老师才会做的难题……

严老师要求旺仔上台把第一单元试卷难题的答案写到黑板上。旺仔上台后只把几道容易的题的答案写了上去，然后像模像样地点了点头，便走下了讲台。他在黑板上留下的字，既不漂亮，细看也不大用心。我一眼就看破了他的计谋：他是故意不专心写的，之后要利用我的强迫症让我请他改题，当然改题的代价是一颗曼妥思。

可就算我识破了他的计谋也没用，因为他这个人只会听老师的调遣。于是，我开始试探着争取，不出我所料，他果然说出了要用一颗曼妥思的代价作为交换的话。为了顾全大局，我最终还是答应了他的要求。

中午放学走到校门口，我突然想起要返回拿东西，便对身边的旺仔说："等我一下啊，回去拿个东西。""一颗糖！"看着他骄傲地竖起了一根手指，我无奈地点了点头。

哎，我的旺仔啊，你怎么这么"狡猾"呀？！

应该帮助同学，而不是告发

6月8日 星期五

金瑞翔

今天下午我和黄思源打水战这事被严老师发现了。她听到投诉，立即表示要在班里调查这件事。

上课铃声刚响，严老师直奔主题。“大家喜欢水枪没错，可以用水枪给我们班级园子里的花儿和蔬菜浇水，也可以在做卫生的时候当洒水壶。想练枪法的还可以直接对准园子里菜叶上的菜虫射击。”说到这，严老师停顿了一下，突然加重了语气接着说，“但是，绝对不能用水枪来攻击同学，特别是面部。今天就有一位同学破坏了规矩。”严老师话音刚落，同学们齐刷刷地望向我。

我下意识地站起来，向大家揭发道：“黄思源也玩水枪啦！”我的语气中还有一分理直气壮。

教室里突然安静下来，我从同学们的眼中感到了一种轻视，从老师的眼中感到了一分失望。

这时严老师打破了沉寂，她说：“这样吧，我给大家讲个故事。古代有一个叫叶公的人，他对孔子说：‘我家乡有一个正直的人，他的父亲偷了羊，他便亲自去告发。’孔子听了也说：‘我家乡也有个正直的人，他和你讲的正直的人不一样，儿子为父亲隐瞒，父亲为儿子隐瞒，亲亲相隐，正直的品质就在这里面了。’同学们，联系孔子的说法，大家对金瑞翔的做法有什么看法？”

同学们纷纷发言：“我觉得他的做法不对，他不应该指责别人。”

“他不应该告发身边的朋友。”

“我这是大义灭亲。”我大声辩解道。

这时，心直口快的王思睿站起来说：“同学犯了错，第一时间应该帮助同学，而不是告发。”

班级里和我最要好的戴子为也毫不留情地说：“更何况本来就是金瑞翔先射的人，还美其名曰大义灭亲。”

面对同学们的批评与告诫，我的脸一阵一阵发热。哎，我是怎么回事？平时老师还表扬我关心同学，可今天我却这样对待同学，我是真的错了。认错并努力改过才是自己应有的担当。

想到这，我鼓足勇气，赶紧站起来说：“同学们，是我错了。对不起，黄思源，我给你道歉。”

“不不不，我也有错，我们一起跟大家道个歉吧！”

黄思源和我一起走上讲台，当我们真诚地向大家道歉之后，我瞬间感受到了同学们目光中的宽容和赞赏，严老师的表情也变得轻松而温暖。

光阴似箭，日月如梭

7月6日 星期五

梁甘达

今天早上我走进学校，参加散学典礼。

远远地就听到教室里同学们传出的欢笑声，心情一下子被这兴奋的气氛给点燃了，我马上融入了这节日般的快乐之中。

我们在一起谈论自己的期末成绩，有人气宇轩昂，有人喜不自禁，有人默默低下了头，有人转头静静看着窗外……我的数学、语文成绩还好，但英语成绩就不尽如人意了。

不一会儿，大课间音乐响了，我们排好队走下大楼，站到操场上集合。之后，散学典礼开始了，校长、副校长开始演讲："同学们，光阴似箭，日月如梭……"

怎么又是这句话呀！期末考试前他们说："同学们，光阴似箭，日月如梭，马上就要期末考试啦……"考试后他们还说："同学们，光阴似箭，日月如梭，考试结束了……"同学悄悄议论：老来这套，能来点新鲜的不？

散学典礼结束后，我们便返回教室。马上就要评点试卷了，拿到试卷的我们和同桌凑在一起指指点点，讨论着品德试卷里的"离奇"题目，问我们在古代有没有共享单车和支付宝，我们笑得趴在桌子上直流眼泪……

等到放学的时候，我们的手依旧"粘"在一起，热乎乎的，好像是一团火握在手心。我的同桌小王同学说，这种境界只能用一句话来概括：同桌情深何忍别，学校大门话斜阳。

怎么一个学期就这样结束了？我的嘴里不禁飞出了两个词——光阴似箭、日月如梭。

运气？

12月25日 星期五

史梦琪

今天真是背到家了。

早上来到学校发现同学们都在班级里背诵，问了才知道今天是每周一次的背诵日。我傻眼了，因为我之前在哈尔滨读书的那所学校从来没有专门的背诵考试。

我使劲地背诵了一个早上，好些课文还是不熟悉。眼见一个个被邀请的“家长老师”来到学校，我忙问郑然尹：“咱班谁的家长最严格？”郑然尹说：“当然是含片的妈妈了。”

我暗自祈祷：“拜托拜托，千万不要抽到含片妈妈！”谁知天不遂人愿，老天就是给我安排了一个最严厉的妈妈！

我紧张得喘不过气来，唯一的挽救办法就是我的死党郑然尹能在一边提醒提醒我，可是她刚好和我一轮接受检测。

这下完了，我的心沉了下来。当含片妈妈再次叫道：“下一个——”我的腿都软了，就像一只生无可恋等着被拍死的蚂蚁。

闭着眼睛把语文书交了上去，我有两课非常不熟，一课是《月光曲》，一课是《少年闰土》，不抽到这两课兴许还有点“生机”。

阿姨拿出了一个骰子，和气地说：“来，你抽一课来背。”

我闭上眼睛抽到了6。还好，6是我的幸运数字。

“这位同学，你抽到了《月光曲》。”

我顿时怔住了。好一会儿，一个字一个字牵强地从我嘴里蹦出来，阿姨听得瞪大了眼睛。

我紧张地对阿姨说：“阿姨啊，我就这课不熟，能不能重新抽一次？”我祈求的眼神让阿姨实在看不下去了，她犹豫了一下，终于点了点头。

我拿起骰子反复地摇了几下，一定要抽一课我会背的，这次我睁大眼睛抽。果真反过来了，抽了个我最不喜欢的数字4。我赶紧问阿姨4是什么，阿姨说：“《少年闰土》，你背吧。”

天哪，今天我的运气怎么这么差呢！结果可想而知。

我走到那些背诵优秀的同学中询问他们成功的秘诀，他们大都笑笑说：“不过是运气好罢了！”“签抽得好！”

果真如此吗？这一刻我想起严老师曾说过这样一句话：“偶尔所得”“运气好”这些都是成功者的谦辞，而“运气不好”大都是失败者的借口。

运气不好，手气不好，这些不都是我常挂在嘴边的借口吗？

我想一个人好好待一会儿了。

想念他

6月6日 星期三

戴子为

“我们单元的电梯都不知道坏了多久了！”今天一大早就听见邻居们的叹息声。我也不由得叹了一口气：“唉，要是小李叔叔还在就好了。”

小李叔叔是以前我们小区大家公认的“最优保安”，他因工作失误被调走了。

小李叔叔中等个儿，一米七二左右，不胖不瘦，长着一张慈祥的脸，月亮眼，弯弯眉，高鼻梁，小圆耳。平日我们都叫他“小李叔叔”“老李头”。

每到三四月的梅雨季节，小李叔叔就往门外的铁架窗上放把伞，都是他自己掏腰包买的。若是你忘了带伞，他可以借你一用。

小李叔叔有一颗乐于助人的心。他会修电梯，一般的问题他一个人两三个小时差不多就修好了。他每次拿到工资，第一件事就是查小区里有没有什么破损，有就先出钱维修。我经常看见他骑着一辆小单车，买来各种各样的电线、管子……

小李叔叔被调走的起因其实是这样的：双胞胎姐姐家的排水管坏了，总是把水喷到小区行人身上。小李叔叔见状，便把另一个保安老王叫来，拿出那些买来的管子出来接好。可老王毕竟五六十岁了，手脚不太灵活，一个不小心，把水管接反了，水全都反流进了双胞胎姐姐家了。他们家是拍婚纱照的，水正好淹了一批价值十几万的婚纱照，双胞胎姐姐的爸妈过来追责，老王拿出所有积蓄，也只赔了三万多。小李叔叔怕老王承受不住，便对双胞胎姐姐家说是他干的，并赔完了剩下的六万多。可是双胞胎姐姐家还继续索赔，小李叔叔不同意，他们就把小李叔叔告上了法庭。可此时小李叔叔已身无分文，便主动向上级申请调走，之后我就再也没见过他了。

我想他！

圈地运动

3月21日 星期三

王思睿

“你们班怎么能圈那么大块地呢？”

“怎么啦？我们乐意！”

“你们这样太霸道了！”

“切，碍着你们了吗？”

“我们愤怒了！”

“你们这群小屁孩！”

在我班与四（1）班圈地的同学唇枪舌剑之时，邻班也来助阵：“学校是你们家开的啊？好像有多大能耐似的。”四（1）班同学被气得直跺脚。

话说我们班在原本空置的平台上经过一学期的种菜、种花，那真是种出了名，不仅带动了邻近班级也种得红红火火，还引起了校领导的关注。大队部号召四年级和五年级各个班都来加入我们，于是我们展开了一场声势浩大的种植运动。

我们听到这个消息时，既高兴又担忧。高兴的当然是，我们班级起到了模范带头作用，我们的种植活动得到了学校的认可，但高兴之余又不免担心，怕别的班级羡慕嫉妒之余，让我们辛苦创建的花园遭受破坏。第一个让我们警惕的班级就是五（1）班，因为他们班可是野性十足，捣乱分子一抓一大把，为此，我们做好了严密的防范工作。

没想到，这次五（1）班竟小心翼翼的，只是圈了很小的一块地作为菜园，原本以为“江山易改，本性难移”，看来五（1）班的新班主任还是很给力的呀！不过，让我们大跌眼镜的是，我们眼里的小弟四（1）班竟然不与我们商量，光天化日之下圈下了我们种植平台上的“黄金地段”。

当我们出面去质问时，他们不以为然，还声称一会儿还要搬过来五十多盆鲜花。呵呵，难不成小弟们要反了？明摆着无视我们的种植纪律——不能购买成品，必须从种子开始，经过精心施肥、浇水，让它们发芽长大。漂不漂亮是其次，付出心血才是我们的宗旨。这会儿，我们班已经有人开始按捺不住、蠢蠢欲动，一场大战一触即发！正在紧要关头，我们的好朋友五（3）班也来助威，一群人将他们的“花园”层层包围。哈哈！真是“麻雀虽小，五脏俱全”，他们竟然还划分了什么 VIP 专区和钻石区、黄金区。看我们来势汹汹，他们顿时偃旗息鼓，须臾之间全军撤退。

接下来，我们联军迅速处理后续事宜，将他们前期圈地刻画的标记全部铲除，老天也帮我们，送来了一场大雨，平台上关于他们所有的痕迹都被一一清除。

其实在我看来，大家都来种花、种菜本是一件好事，只是他们违规使用买来的成品花草，而且自行圈地，违背了我们开展此活动的初衷，我们这些开创者自然“刻薄”了些。

我当上了侦察员

7月2日 星期一

袁予泽

今天是期末领手册的日子。我、张司忱和谢文曦，两个侦察员、一个被侦察者都取得了满意的成绩。我们互相对视了一下，很默契地击掌祝贺。要知道我们仨原本是三个电游迷，班里学习的落后兵。故事还要从两个月前说起……

那是一个晴朗的早晨，我们还在下课的狂欢中，严老师突然对我们说："张司忱、袁予泽、谢文曦，还有金瑞翔出来一下。"

我们有点不安地走过去。严老师问："你们几个人被投诉了，是不是前几天召集大家玩过电游？"我、谢文曦，还有张司忱，"羞愧"地举了手……经过几轮询问后，严老师认为谢文曦的瘾最大。放学的时候，严老师把我和张司忱叫到一边，把一个将功补过的机会郑重地交给了我们，让我和张司忱一起悄悄地"侦察"谢文曦。

我和张司忱不敢马虎，天天用各种方法，线上线下地"跟踪"他。两个星期过去了，我们不仅没发现谢文曦半点玩电游的蛛丝马迹，还发现他显现出无比积极的学习状态，不仅课堂上妙语连珠，连考卷上的作文也成了范文，严老师还在家长会上读给全班家长听呢。他基础是不错，但这也太突出了一点。我更加细心地侦察他的一举一动，最后发现了"加油器"——他书包里的课外书以前是一个学期一本，现在变成了一天一本。

侦察到真相之后，我却苦恼了，谢文曦都"冒尖"了，我还没恢复状态呢！

就要到期末了，如果再不调整状态，就来不及了。于是我和张司忱也暗暗下了决心，加足马力冲刺。

这不，我们仨都“旧貌换新颜”，在我们互相祝贺的时候，严老师宣布电游可以玩，只是得有家长的批准和时间的限制，要学会自我管理。

对，自我管理，这才是我们共同进步的神器。

我们闯祸了

王思睿 王思睿妈妈

对峙开始了

10 月 16 日 星期二

我们与英语老师肖老师貌合神离有一段时间了，最近事态有些升级，肖老师已经连续三节课没有讲授新知识了。

三天前，天气有些反常。同学们那一颗颗躁动不安的心被炽烈的骄阳点燃了，直至上课都无法平静下来。不幸的是，这股“热浪”竟然“惹毛”了肖老师……

当肖老师一如往常满怀激情地走进教室时，看到的是还在喧哗的我们。她试图用高音盖过我们的音浪，非但没起到丝毫作用，部分同学的叫嚣声反而更大了。这下，她真的生气了。

鬼马精灵的我们对肖老师解决问题的方法早就门清，所以即使肖老师已经怒目圆睁，可那几个始作俑者照旧肆无忌惮，更有甚者竟然明目张胆地在老师面前玩起了假枪，硬生生将肖老师的忍耐极限推到了悬崖边。

“你们还想怎样？还想不想上课？”肖老师忍无可忍，终于爆发了，而且就像一座火山，无法控制地持续喷发起来。

后果真的很严重，到今天为止，肖老师已经“罢课”三天且留下了无数的作业。

为正义发声

10月17日 星期三

第一节是英语课，充满期待的我眼睁睁看着肖老师走进教室，留了一大堆无法完成的作业，且让我们继续反思后，又毅然决然地走了。

教室里再次沸腾了，有的同学满不在乎："无所谓，不学也能考好。"有的则呼天抢地呼唤老师："你快回来……"还有一部分同学貌似啥都不曾发生，一心一意干着自己的事。

肖老师这次的举动，激怒了我们几个"江湖好汉"，好汉们凑在一起，大家一嘀咕，竟然诞生了"反肖组织"。对，我们要为绝大多数同学争取学习的权益，为一批无辜受害者打抱不平、鸣冤申屈，要与肖老师抗争到底。

此时，被推选为"起义首领"的我有满腹的委屈涌动，我要担当此大任，为大家发声！对，没错！我要效仿古代"贤良"：海瑞弹劾万历皇帝；国子监监生弹劾魏忠贤……历史的画面骤然浮现，让我异常激动、心潮澎湃。历史的车轮在滚动前行，今天，我也要来一场"惊心动魄"的大革命，以进步学生的身份"弹劾"老师！

怒火燃烧之下，我一气呵成，完成"大作"。这可不是风花雪月的无病呻吟，而是言之凿凿的铮铮事实。

此时的我，如罗丹品味欣赏他精心雕刻的作品般沉浸其中，好似听到了当"大作"呈现在同学和老师面前时，他们发出的惊叹与掌声；感受到了自己那"风萧萧兮易水寒，壮士一去不复返"的被众人膜拜的英雄气概。

只是须臾之间，意料之外的事情发生了，起义还未开始，这篇檄文就被"狡猾"的老妈截获了，起义活活被扼杀在摇篮里。

唉，可悲我"出师未捷身先死"。眼见怒目圆睁的老爸愤怒地向我走来，我立感大事不妙，还没等我想出对策，老爸的大巴掌呼啸而来。我的眼泪如洪水般涌泄，我做错了什么？为同学们申冤抱不平，请求老师上课不对吗？难道我们就不可以为正义发声吗？

纵然老爸老妈讲了再多的大道理，但我知道，自己只是屈服于他们的“暴力”。

奈何，老师未曾被“弹劾”，自己就先被镇压。

风波平息了

10 月 18 日 星期四

今天，肖老师那春风化雨般的温暖着实感动了我们……

上课的铃声响起，只见肖老师在两位同学的搀扶下一瘸一拐艰难地挪进了教室，刚刚还沸腾的人群顿时鸦雀无声，五十双眼睛齐刷刷地盯着她的脚。只见肖老师的一只脚被白色的绷带包裹得如粽子般密不透风，看样子肯定伤得不轻。

“对不起！为了不影响同学们正常上课，刚刚发生意外摔倒后，来不及去医院做检查，先去校医务室简单包扎一下，就过来教室了。由于摔伤的脚太痛，现在也只能坐着给同学们上课了！希望同学们谅解。”习惯了她的“气贯山河”，她柔声细语平淡的讲述，更像一股淡淡的微风拂过，让我们平静的心掀起波澜……

几天前，一群不懂事的我们还在和老师对抗，把停课责任全部都推给了肖老师。仔细想想，难道我们就没有错吗？而我们不正是事件的挑起者、矛盾激化的推手吗？

其实，肖老师也有她的苦衷。她也曾为上好每一节课而费尽心思，也曾为管理好课堂纪律使出浑身解数。性格自由奔放的她也营造了气氛活跃的英语课堂，只是同学们情绪高涨时如脱缰的野马拉都拉不回来。还有，我们都觉得年轻的肖老师就是我们的大姐姐，是和我们玩闹在一起的同龄人。唉，是自由过度的我们将她一步步逼上了停课整顿的极端。

今天肖老师的课讲得很完美，我内心忍不住地狂喜，可是究竟是什么原因让肖老师回归的呢?

〔妈妈的话〕

（一）事出有因

“我要为正义发声，我们要弹劾进言……”

我没有想过，这样的话会出现在一个12岁孩子的文字里。也正是因为他倔强的坚持，引得不轻易动手的爸爸，巴掌招呼下来。

看着孩子这份一千余字言辞凿凿的《弹劾书》，我的内心五味杂陈。

事情源于英语老师的“罢课”事件。

“一年365天，3天不上课危害巨大。吾等有任何错误可说之、骂之、罚之，但不可休之。请继续授课予吾等，切勿浪费这宝贵的光阴！”

孩子把这样的文字写在了《弹劾书》中，在我们成人世界看到的是“不知天高地厚”，我们该如何去引导这些孩子激进的情绪，让他们懂得沟通和化解，更重要的是不因成人的“误导”而丢失了最纯真的初心。

“英语课堂上有同学扰乱课堂纪律使老师无法正常教学，老师不应该惩罚全班同学，而申冤的同学被老师批评还要求找家长，这不公平！”

“我就是想帮同学发声，想让老师上课啊！”

曾经也是教师出身的我明白，在保护孩子的这份纯真的同时，也要给予一种正确的引导。

“老师也可能一时气愤，停课的方式也许有不妥的地方，但为什么你们不去寻求班主任和家长的帮助呢？”

“不要做以暴制暴的事，发声才是改变的开始。”

孩子一边哽咽，一边还不忘叮嘱爸爸撕掉了这封《弹劾书》。

孩子逐渐平息了一腔“愤然”。随后我也给班主任打了电话，请她了解事情的具体情况，协助英语老师尽快正常上课。

尽管事情告一段落，但我却迟迟难以入睡。

（二）教育之思

这场突如其来的风暴过后，想着孩子脸上必是挂着泪痕睡着了，我却了无睡意。作为家长，我们是否以成人的视角压抑了孩子的本真？我们是否在处理问题的层面过于简单粗暴了？孩子的正义、善良是否会被折翼？

起身，小心翼翼地从垃圾袋里将被撕得细碎的《弹劾书》捡了出来，在确认没有残余碎片后，开始了艰难的“拼图”工作。持续了近三个小时，凌晨一点时，身体都有些僵直了，才勉强拼出30%的内容。

然而，内心有个声音在鼓励着自己，一定要将这些文字还原，也许未来有一天还给孩子时，他会理解我们……

第二天又执着地开工了，在拼贴的过程中，我再次细读这些文字，仿佛走进了孩子的世界。

“课堂是无比神圣之地，老师是让人敬之、畏之的职业，而我们是一群懵懂、等待知识喂养的学生。”

“俗话说，孩子就犹如一棵小树，有时也会长出不整齐的枝干，需要老师和家长去修剪。”

“今天，您大怒之下布置了让人畏惧的作业——默写两篇奇长的作文。这不是提优班，老师应该顾及每位同学的感受，应该懂得换位思考。如果您真的因个别同学扰乱课堂纪律，而惩罚全班同学做如此繁重的作业，吾等绝不执行、绝不低头，誓抵抗到底！”

“作为老师，您不应该不知道作业之用处，如果是一时之怒，吾等恳请您收回指令，另留良作！”

…………

虽有激进，或许偏激，但字字戳心。孩子们渴望学习知识，渴望得到公平、公正对待的心情已经跃然纸上。我应该庆幸这是一群有思想、有胆量、有见识的孩子，他们希望通过这样的方式，让老师听到自己的心声。尽管老师是想通过停止授课的方式冷处理，但可能适得其反，致使矛盾激化。

谁错了？都没有错。错在对待问题的处理方式上。

老师的“罢课”方式忽视了这个时代的孩子们可能已经作为独立个体的成长的心理需求。

而一群 12 岁的孩子，还不具备处理问题的能力。

身为父母的我们，也是用成人世界的逻辑简单、粗暴地否定了孩子的做法。

我拿起电话，按下了班主任的号码。

（三）风波平息

周三中午再和班主任电话沟通，她已经分别和学生及英语老师交流过，而英语老师也希望能和班级的家长代表直接沟通，我被委以重任。

下午四点，如约收到了英语老师来电，开场白有些冷。为了不产生对立感，我先主动交流，近二十多分钟的对话彼此达成了一致。课堂纪律是保证教学任务顺利完成的前提，家长们有责任也有义务配合老师管教好各自的孩子，也希望老师在与孩子们的交往中方式方法多元化。

我也分享了自己曾经从教三年的心得，如何抓住孩子们的心，让他们情愿被你牵引，这可能比教学能力更为重要。我们理解老师的不易，但家长团队亦是老师们强大的后盾，只要大家能保持有效、通畅的交流，一切问题都能迎刃而解。彼此敞开心扉、畅所欲言之后，我们愉快地化解了这场“小危机”。

第二天晚上，孩子滔滔不绝：“今天我们上了一节非常愉快的英语课，老师准备得很充分，我们学得好认真……”我望着他天真无邪的模样，和孩子的爸爸会心一笑。

“肖老师讲课真的很有趣，其实我们挺喜欢她的。”“尤其是她今天一瘸一拐在两位同学搀扶下，强忍着脚伤的疼痛来给我们上课时，我更加觉得羞愧。我们的做法真的是太偏激太不懂事了，肖老师是个认真负责的好老师！”

“不过话说回来，妈妈，还是你厉害，你和严老师打了电话，又和英语老师聊了聊，一切就都解决了，要知道这么简单，我早早就和你说了。”臭小子一脸崇拜地望向我。

我赶紧表扬孩子：“其实，你是个特别有正义感又很善良的孩子，你想为正义发声，我支持你，但我们应该采取一个更有效、更好的方法，这样才能解决问题。解决事情的方法、途径有很多，你要慢慢懂得去思考和分辨。”孩子用力地猛点头，眼里满是喜悦。

一场突如其来的风波，就这样平息了。可我的内心却始终无法平静下来，这次的事件对我们父母是一个警示，教育孩子任重道远，对孩子的教育要有责任感、有担当、有正义感，但要避免冲动、过激，心中的情感该用什么样的方式去表达真的很重要，如果这个度没把握好，那在未来的某一天可能真会酿成大祸。这里也真要谢谢孩子的班主任，这些年来也正是我们之间的及时沟通，一次次“化险为夷”。老师与学生，老师与家长，抑或是家长与孩子，都需要理解和宽容。

风波已平，但我相信需要反思的还很多……

昂贵的巧克力

2月22日 星期四

王思睿

今天，我们盼星星盼月亮，终于将敬爱的严大人给盼回来了。前几天严大人出国“巡查”了，我们甚是想念。

谁料想，严大人刚回来就给了我们一个措手不及——“抓”了一批不预习的小鬼，让这些同学哀天怨地的。班里正唉声一片时，严大人像变戏法似的，拿出了一大盒巧克力，并说：“这可不是一般的巧克力哦！”我屏住呼吸，定神一看，哎哟喂！这不是传说中巧克力界的爱马仕吗？竟然是我最钟爱的巧克力歌帝梵。我使劲擦了擦眼睛，不会吧？这么一大盒巧克力至少要500元了，严大人为我们也太下血本了，要知道这可是全球最昂贵的巧克力之一啊！

将浓浓的巧克力放进嘴里，丝丝融化之际，天资聪颖的我似乎“悟”出了两种味道：显而易见的第一种当然是严大人对我们浓浓的爱，这爱都包含在这小小的、别具滋味的巧克力中；而这第二种味道若隐若现，严大人给我们买这么奢侈的巧克力，似乎是在鼓励我们好好学习，将来做个成功者，也消费得起这么贵的巧克力，在贡献社会的同时也能优待自己。

呵呵，严大人对我们真是用心良苦啊！当然，小辈我定会加倍努力，争取早日给严大人送上这么昂贵的巧克力！

被偷拍的镜头

7月23日 星期二

曹艺涵

采中药那天天气特别炎热，所以出发前我提早买了冰红茶，用于解暑降温。

我们到达的时候，刚好看到我的好朋友梁甘达也到了，他只背了一个小书包，手里拿着笔和本子。我们一起观察各种不认识的中药植物，时不时记录一番。突然他挽着我的手说："快看！"他蹲到了地上，"含羞草——"他说完便抓住我的手对叶子一伸，草果然"羞羞"地收了起来。

我们跟着队伍开心地边走边聊，不觉到了半山腰。走着走着觉得步子有些艰难了，因为天气实在太热。突然，我想起了我的冰红茶，便拿出来迫不及待地大口喝起来。正喝得起劲，一回头看到旁边的甘达，他满头大汗地站在那里，我问他这么热的天怎么不喝水呢，他回头摸摸小书包，说因为带了些挖植物的小工具，书包没地方放水了。我看看手里被我喝了一半的冰红茶，又看看他因为闷热而红扑扑的脸蛋，想了一下，然后走到他身边，让甘达仰起头，托着他的下巴沿着嘴巴边一点点慢慢地把冰红茶倒给他喝。他喝完后说："谢谢你，老曹，这是我喝过的最甘甜的解渴水。"我对他像往常一样笑了。

放学回到家还没多久，正在玩手机的老妈忽然大叫："曹艺涵，朋友圈里有你的照片！"我急忙跑了过去，看见了我给甘达倒水的照片。没想到这一幕被我们亲爱的杏子老师用相机"偷拍"了下来，还发到了朋友圈，她还说想用这张照片参加摄影比赛呢！

摄像头也没辙了

5月8日 星期二

王乐瑶

马艺菡、刘晓悦和我狼吞虎咽地吃完了午饭后立刻奔进宿舍。

“使用秘密计划吗？”我问。

“那当然！”刘晓悦甩给我一个充满默契的眼神。

“秘密计划”可是我们三人经过数十次失败后想出的为了偷偷写作业方法的精髓：我们准备像往常那样先假睡骗过老师，待老师走后趴在床上，借着窗帘透进来的微弱光线写作业。

可是负责侦察的马艺菡忽然塞给了我们一个“重磅炸弹”：今天的表现会通过藏在宿舍里的摄像头发给家长。我们立刻四下观察——啊！居然在那儿！不是正对着我们吗？还好发现得及时，要是中午写作业的事被我爸妈知道的话，迎接我的就是“第三次世界大战”了，想想就怕。“秘密计划”是绝对不能让爸妈知道的，但也是绝对不能停止的。我们三人背着摄像头悄悄商议起来。

马艺菡提议道：“要不找摄像头拍不到的一个死角写作业吧？”我摇了摇头对她说：“根本就没有死角，况且老师还说过这个摄像头可以360度旋转的。”我也想到一个办法：“我们轮流放哨，摄像头一转就趴下。”“那也不行啊，就这么来回折腾我们怎么写作业？再说了谁知道这个摄像头还有什么招数啊！”一时间房间里陷入了沉默。过了一会儿，一直没有说话的刘晓悦打破了沉默：“我们假装去扯被子，趁机将被子盖在摄像头上，这样摄像头就拍不到我们了。”

我们都赞同这个主意。于是，“秘密计划 II”悄无声息地实施了。

马艺菡先坐了起来，打了个大大的哈欠后拉起了被子的一角，在摄像头转身的那一瞬间一甩被子，盖住了摄像头。为了以防万一，她提议让我们也这么做。刘晓悦照办了，现在就差我了。我依依不舍地看着我那心爱的紫色被子，这可是我妈刚给我买的新被子啊，我连试都没试就被派来给摄像头“盖”了。不过在她们的催促下，我还是贡献出了我的被子。我们看了看成品，还是觉得有些不妥。用什么保险呢？在马艺菡的建议下，我们用枕头把床封得严严实实，保证连只蚂蚁都爬不进来，然后再用床架撑住原先垫在身下的床单。我们围在一起欣赏我们共同的杰作——“帐篷”。虽然“帐篷”搭得歪歪扭扭的，还有一个脚怎么也扎不稳，但我们的心中却充满了自豪感。

我们爬进“帐篷”里，带着一丝从未有过的新奇感翻开作业，趴在床上，借着透进来的一丝光线写着，时不时还互相开开玩笑，窥视着外面三床被子下还没反应过来的摄像头正不停转动的轮廓。我们正想得意地大喊：“摄像头，你能把我怎么样！”宿舍的门忽然打开了，我们大惊失色，再定睛一看——呼，原来是风啊。

桃李不言，下自成蹊

马艺菡　马艺菡妈妈

（一）

6 月 21 日　星期四

我莫名其妙地被侮辱了，被当众侮辱了！而这件事就发生在我生日这天，居然有人因为一点小事情就来离间我和朋友之间的友谊！

我实在按捺不住自己的气愤，忍无可忍之下急忙向严老师求助。

我给严老师发去了一条长长的信息，倾诉我的苦恼。

时间在我眼中是那么的慢，我度日如年。一分一秒过去，我焦急地等待着严老师的回复，当我即将放弃时，严老师发来了好长一段话。

“记得今天严老师课堂上说的‘桃李不言，下自成蹊’吗？它的意思是说桃李有着芬芳的花朵、甜美的果实，虽然它们不会说话，但仍然会吸引人们到树下赏花尝果，以至树下都走出了一条小路。其实这个成语的意思刚好可以回答你。首先最重要的是让自己成为一个有价值的人，如果你自带芬芳，如果你闪闪发光，那么谁都想靠近你，谁都不可能抹黑你。很多事情没有你想象中那么复杂，你简单这世界也会变得简单。我们人生路上总会遇到一些不那么友善的人，这很正常，不必大惊小怪，更不要把他们说的话放在心上。当然最最重要的就是做好你自己，做一个努力上进、阳光灿烂的自己。”

看了严老师的回复，我陷入了沉思。是啊，我太在意别人的看法了，我应该做好我自己。如果真能“桃李不言，下自成蹊”，那会是一种什么样的感觉呢？

（二）

6 月 25 日　星期一

我下定决心要行动起来，虽然已临近期末。

昨天早上，严老师发了一套复习卷子，一拿到卷子我就兴致勃勃地写了起来。我忘记周围的一切，精神劲十足，毫无倦意地写了一天。奇迹发生了！厚厚的一本复习卷子，按理一个星期也写不完的试题，我一天就完成了。

今天一早，我气定神闲地把卷子交给了严老师，严老师就像是受了惊的猫咪，那张大嘴、瞪圆眼的样子可爱极了。她激动地站在讲台上，无比兴奋地说道："太吃惊了，简直不可思议，马艺菡居然一个晚上就写完了，还写得这样工整漂亮，奇迹，这速度是个奇迹！"

一旁的我受宠若惊，天哪，我创造了奇迹！

（三）

6 月 28 日　星期四

没想到前几天那惊天动地的表扬还仅是个开始。

今天上语文课的时候，严老师严肃地点了我的名，我忐忑不安地站了起来，而意想不到的结果却是——我再次受到了"严重"的表扬。

早自习的时候，严老师就把我捐献给班级的多肉摆在了最显眼的位置。等同学们到齐了，严老师就开始演讲了。她把我从头到脚夸了一通，不，是从以前到现在。

"你们记得吗？马艺菡在我们打造最美教室的时候，把妈妈从北欧买的雕像带来了；在我们打造空中花园时，她把家里最有艺术感的木架子带来了；在这次打造海洋生态教室的时候，她又把培育得这么美的肉肉送给班级……每次我们有需要时，她总是把家里最好的东西带来，这点我都做不到啊……”

别说严老师看着喜欢，我从家里拿走的时候妈妈也有点舍不得。这盆多肉是由我和妈妈精选的十几种最美的多肉品种组合而成的，我们还专门请教了造型师把它装点成小森林的样子。盛多肉的草编花盆是妈妈淘了几天才寻到的，她曾说上面的布艺装饰很有异域风情。

孔子曰：“己所不欲，勿施于人。”装点班级自然要用自己最心爱的东西。

同学们把热烈的掌声送给了我，我心里喜滋滋的。或许这就是幸福的滋味吧！

（四）

7月6日　星期五

要相信现实并不是残酷的，努力付出总会有回报。

通过学期末这段时间的全力冲刺，我的语文取得了理想的成绩：99分。

和以前做生意一样，我的身边聚满了人。不同的是，他们都在询问我的学习秘诀。

我也接到了许多“采访”，他们问的主要问题是：你是怎么做到成绩上的飞跃的？你取得了这样好的成绩有什么感想？

我真心诚意地告诉同学们，其实要做到这样并不难，最重要的是要有信心，要有毅力，要通过自学走在大家前面，要带着激情去学习……

在跟同学们交流的那一刻，我的眼前突然闪现出了严老师送给我的那个成语——“桃李不言，下自成蹊”。

看着簇拥在我身边的同学，我好像真的找到了这种感觉。

〔妈妈的话〕

妈妈在学习，你也在改变

我们之间曾经的隔阂已经消除了，现在的你愿意和我交心了。当然，任何改变都不是一蹴而就的。这不，今天放学的你怒气冲冲地回家了。我放下手中的事情，耐心地听你诉说同学的种种不是，还没等我开口说话你就迫不及待地做出一个决定——给严老师发信息。看到你的这个决定，我倒是舒了一口气。

等待严老师回复的时候，你拿着我的手机，目光就没有离开过屏幕。收到回复后，你在书桌旁静静地坐了很久，我看着你微笑着站起来。你的眼神里不再有那种愤愤不平，那是一种怎样的眼神呢？有宽容？有憧憬？有力量？妈妈说不清，但是我很喜欢。

不知不觉，我的菡菡已经 11 岁了。欣喜地读着你的日记，一个固执任性的“小刺猬”变成一个闪闪发光的“小主人”啦。

说来妈妈还感到有点小窃喜呢，因为妈妈知道你的难过主要是因为你很在意和朋友之间的友谊。你有点小固执则貌似是因为缺乏安全感，经常会因为外界的影响而生发各种小情绪。但我很高兴你自己找到了解决问题的途径，并且用意志力突破了自己，获得了成功。

一个人真正的安全感来自内心的强大，就像严老师说的：我们要致力于做一个有价值的人，像桃李一般芬芳，焕发特有的魅力，善良、真诚、勤奋……这些闪光点都将为你驱散生活中的小烦恼，坚持下去，相信你会拥有更多真挚的友谊，创造更多属于你的奇迹！

我与我们

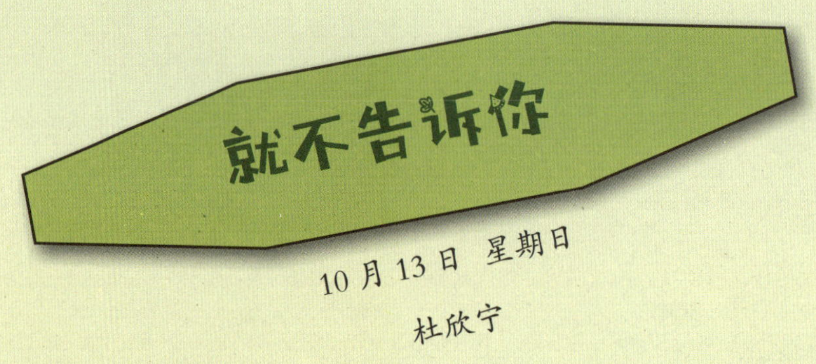

就不告诉你

10 月 13 日 星期日

杜欣宁

周末，我在房间写作业的时候想起了《小龙人》这首歌，便哼起来。

“我头上有犄角、犄角，我身后有尾巴、尾巴，谁也不知道，我有多少秘密……”我高兴地唱着，声音比较大。

这个时候，妈妈正在客厅翻看着我们班的微信群，想看看老师有什么通知。杏子老师写道：“一、二单元的语文考试试卷已经发下来了，请家长们过目。”

老妈推开房门，探进头来问：“小杜，你一、二单元的语文考得怎么样啊？有没有不会做的题？”

因为歌声过大，而我正陶醉其中，因此根本没有注意到妈妈进来，还在继续投入地唱着：“就不告诉你——就不告诉你——就不告诉你——”

妈妈听了先是一愣，心里一定在想：“这娃一定是没考好，不行，我得找她谈一谈。”

“小杜，是不是考砸了？把试卷拿出来，我们一起看看……”突然听到妈妈的声音，我吓了一跳。

“老妈，你啥时候进来的？你怎么知道的？！我这次考得确实有一点不好……”

“快把你的语文试卷拿出来给我看看。”

好吧，怎么也瞒不住老妈雪亮的眼睛，我只好乖乖交出试卷。

前几天语文考试的时候，有些心不在焉，所以成绩不是很理想。试卷发下来后，一直没告诉爸爸妈妈。这几天试卷一直在书包里待着，我也没有表现出情绪低落，妈妈是怎么知道我没考好的呢？

“孩子，偶尔一次没考好没关系，但一定要告诉爸爸妈妈，不要憋在心里，爸爸妈妈不会责备你的……”

哈哈，这句歌词“就不告诉你——就不告诉你——”可帮了大忙。

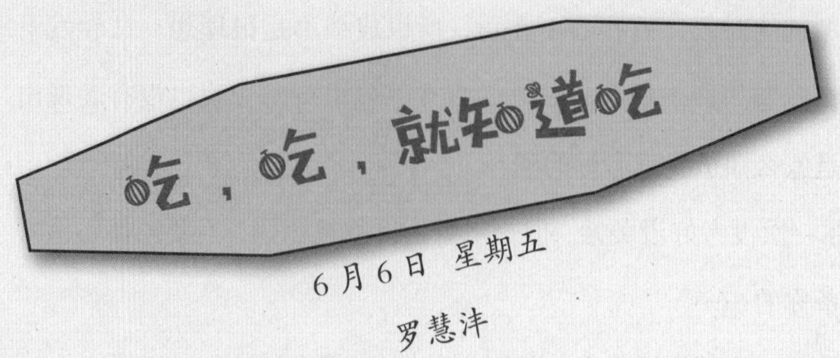

吃，吃，就知道吃

6月6日 星期五

罗慧沣

哎，我今天真是的，干什么事儿都还好，就是手不听使唤。要知道不听使唤的原因，那我要从刚回家写作业时说起。

我在作业里想写一个“说话”的“说”字，结果却写成了“吃饭”的“吃”字。刚开始，我觉得没什么大不了的。每个人都有犯错的时候，写错字很正常嘛。接着，我想写一个“就是”的“就”字，却又写成了“吃”字。呃？这是怎么回事？

连写两个“吃”？这有点不正常啊！然后我认真地对自己说，我想写一个“可”字，结果呢？和我想的一样，又抛给我一个“吃”字。

这可让我生气极了，我用左手指着它，叫了起来：“人们都说事不过三，可你这都已经到三了，还给我犯！吃、吃、吃，就知道吃。”

最后，我想考一考我的右手是否真的认真听了我所说的话，便对它说：“我要写一个与‘吃’字有点像的‘听’字。”

啊哈！我的右手终于听话地写了一个完美的“听”字。

哎，教育我的右手可真累呀……“咕咕！”我的肚子发出了不满。

哎，我不是刚吃过饭吗？“食堂铃声”怎么又响了？是不是你也要被调教一下呢。

书与妹妹

1月30日 星期一

郑然尹

清晨的窗外，小鸟在唧唧啾啾地歌唱，窗前的两只小猫在玩耍打闹，发出喵喵的叫声。一阵风吹过树林，沙沙作响，伴随着哗哗的溪流声。

我静静地坐在窗边，手里捧一本小说，旁边有记号笔，以便随时标记自己喜欢的或者有意思的片段。

没有考前的紧张，没有考后的遗憾，只有假期生活的舒心。

“在干什么呢？姐姐。”妹妹稚嫩的声音传入了我的耳朵。

“我在看书呀，一起吗？”

“嗯嗯！”妹妹钻到我的胸前，我捧着书一个字一个字地读。小东西听得津津有味。

“我们是郑庄公的后代吗？我们不是姓郑吗？”

“我们姓郑不代表我们是郑庄公的后代，但我们和郑庄公可能是一个祖先。”

“郑庄公是左撇子吗？这本书为什么叫‘左传’？”

“小傻瓜，郑庄公是不是左撇子我不知道，但是这本书叫‘左传’绝对不是因为他是左撇子……”

妹妹时不时冒出的稀奇古怪的问题为我们的读书时光增添了不少乐趣。

就这样，我们一起看到了中午。妹妹难得没有跑开去玩，竟在我怀里睡着了。

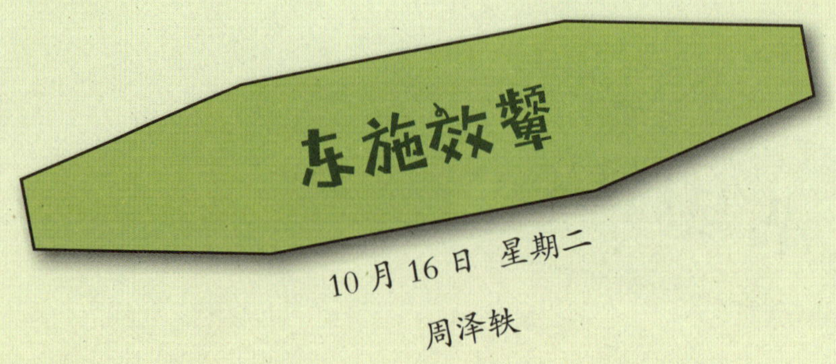

10 月 16 日 星期二

周泽轶

今天早上严老师分享了郑然尹的日记，日记的内容是写她带着妹妹一起读书的事情，那场景让我好生羡慕。我也有妹妹啊，我也要带妹妹一起读书！

回到家里，我拿出一本《三国演义》，学着她的样子把妹妹抱在怀里，开始妹妹感觉很新奇，乖乖地坐在我的大腿上。可是，她很快就坐不住了，先是身子左摇右摆，后来索性把我的手撑开，从我怀里跳了下来，跑开了。

“妹妹，过来。”我追了出去，可是她头也不回地跑了，怎么这情景跟郑然尹描述的不一样啊！

得想个办法让妹妹乖乖地和我一起看书。我又重新构思了一下情节。对了，妹妹是个小吃货，只要有好吃的，肯定会听我的话。

“妹妹，过来，哥哥这有好吃的巧克力！”妹妹听到有好吃的，果然飞快地跑了过来。她拿着巧克力一边吃一边听我讲故事。

不一会儿，妹妹拿着旁边的彩笔在书上涂鸦起来，天哪，这可是我最喜欢的书。气得满脸通红的我不由得打了妹妹两下。

这下不得了了，妹妹大哭起来：“哥哥打我，痛！”她举起沾满巧克力的小手胡乱打在我脸上，我瞬间成了小花猫。妹妹还不解气，竟然还把书撕了。

看着零乱的碎片，我强忍住了怒火。谁让她是我妹妹呢！我甚至逼迫自己保持微笑，又重新拿了一本《西游记》，按着预设的剧情走。终于，妹妹安静地在我腿上坐着，一边吃着巧克力，一边听我读书。就在我们看得最投入的时候，“啊！”我大叫起来，妈妈急忙跑过来：

“发生什么事了？”

“妹妹尿尿了，把我的裤子全尿湿了！”

“妹妹才一岁半，坐不了这么久的！”

我今天的“东施效颦”以失败告终。不过我不会泄气，我会等着妹妹慢慢长大。

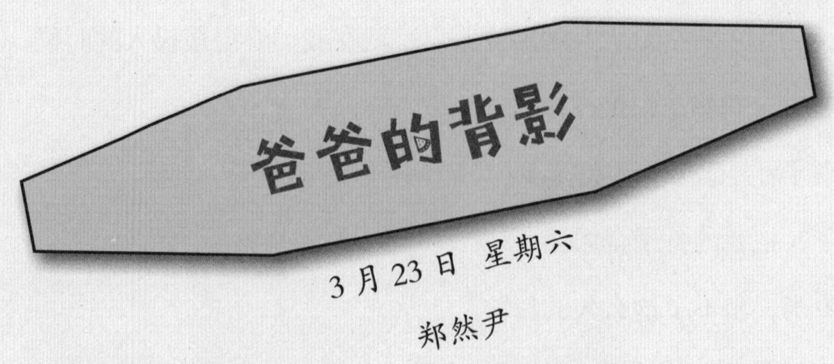

3月23日 星期六

郑然尹

今天上午妹妹要上课，我要看病，爸爸要上班。

“一会儿你爸爸先把我和妹妹送去上课的地方，你自己去医院等我。”姑姑一上车时就吩咐我，“因为我们是预约挂号，要是去晚了叫过号，医生就不给我们看，又要重新排队了。”

“不要嘛，我想和你一起去医院。”我不太乐意。“你这么大了可以自己去啊，我还要帮妹妹换衣服。她那么小，自己又不会穿衣服。你不小了，就不能独立一点吗？”姑姑皱着眉头看着我，我更加不乐意了。

“为什么呀？那我等你，叫过号了就再排！”我的声音大了一些，我才不要自己去医院！可姑姑好像就是不理解我一个人去的尴尬，说：“没时间再排！你还有那么多作业，明天就上学了，昨天的补习课上表现一点都不好，当堂习作还那么晚交，你要是早点起也不至于啊！”姑姑一口气把我整个周末的错全都揪了出来。我生气了，爸爸还在车上呢！她在车上讲，不就是想让爸爸知道吗？她为什么要这样呢？明明知道我爱面子，知道我在爸爸面前从来都是拿出最好的表现的，还非要在爸爸面前讲，她就是故意的！

我不再理她，看着窗外，鼻子酸酸的。

姑姑和妹妹下了车，我独自坐在后排玩弄着手中的伞，不再去想其他的。

我在车上静静地等着“审判”的来临。我真的没有办法和一个我不认识的人单独沟通，哪怕是医生我也很难开口。当医生询问我病情时，我一定会无从开口。也是好笑，病人竟讲不清自己有什么病，真是有病！

我坐在车里，看着窗外，雨渐渐小了，却还没到医院。我睁大眼睛四处张望，说："爸爸，我要去妇幼保健院，这是哪儿啊？""这是医院的另一个门。我刚才看了，停车场里都没有位置，只好去这医院的对面小区找位置停了。"爸爸有些无奈地笑了笑。我看着后面的停车场，咦，那不是还有几个位置吗？我刚想开口，又咽了下去。转念一想，爸爸不可能没看到，为什么他不在这儿停，而要跑到对面去停呢？这样明明更耗时间呀！

车停在了小区的角落里，我们下了车。天空中仅有几丝毛毛细雨了，我们索性不打伞，就这样走着。

说实话，我们父女俩已经很久没有单独一起走这么长的路了。有多久？一个星期？一个月？还是一年？我真的不记得了。小时候，我和外公外婆住，爸爸妈妈因为工作，住在别处的房子，我们只有周末才能见上。因此，我特别喜欢周末，那可能是我最快乐的时光。后来，我们都住到一起了，但我们父女俩单独相处的时间却越来越少……不知从什么时候开始，我和爸爸之间有了些间隙。

我们并肩走着，有时手挨着手，有时因为路上的一个小水坑分开，一会儿又走到一块。在去医院的路上，我们竟是一路无言，不免有些尴尬，我什么时候和爸爸这么"陌生"了？到医院时，姑姑已经站在门口焦急地等着我们了。

"嗯……那我先走了，你什么时候看完病再打电话给我吧。"

"好。"我有些愣住了，张了张嘴想说些什么，可爸爸的背影已经远去了。

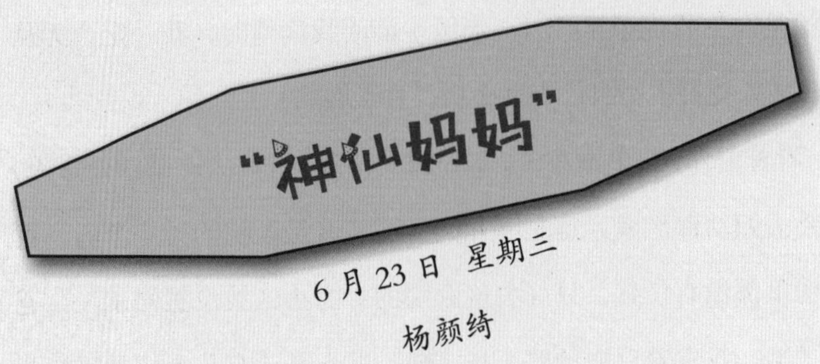

6 月 23 日 星期三

杨颜绮

今天是兴发教学宣传片拍摄的日子，我早早地来到教室。教室早已被布置成“海洋阅读”的情境，海蓝色窗帘上的波纹随着微风在飘荡；深蓝色的壁纸上拉着两根长长的麻绳，上面用小木夹夹着同学们各具创意的阅读笔记；教室后面的宣传栏上是海水托起的一本巨大的书，书上面粘贴着同学们亲手制作的书签。教室的课桌分组围在一起，各组的桌上都有组员们精心点缀的小小绿植，或一株薄荷，或几片树叶。

我喜欢我的教室，它不仅会随着大自然的季节变化，还经常展现不同的主题风貌。这个“海洋阅读”空间可是我的最爱，要知道我已经在“海洋阅读”里读了八十多本书了，进入了班级书香榜前五名的行列。这个蕴含着海蓝、书香、自然的教室让我好喜欢。

同学们陆续开始早读了，我左看右看，总觉得教室里还缺点什么。我抬头看了看教室上方的班训：书声琅琅、绿意盈盈。对，如果讲台上能多一点绿意就更美了。

我赶紧把想法告诉了杏子老师，杏子老师笑了笑说：“的确，如果能有一束绿意盈盈的小碎花会更有生机，不过电视台的拍摄组很快就过来了，就这样也挺好的。”

我们班不是十大“最美教室”的冠军班吗？这么爱美的杏子老师怎么今天

这样将就呢？不行，我得想想办法。我悄悄溜出了教室。

我把电话打给了她，二十分钟后，她来了，手上拿着一束被各种绿叶子环绕的淡青色的小碎花。

我立即把这束花插在花瓶里摆在了讲台上。小碎花飘着清香，绿叶子在阳光的照射下生机勃勃。完美！我在心里给我们的教室打了满分。

上午的拍摄非常顺利。临近中午的时候摄制组希望能拍一些家长和孩子在一起的镜头，我第一个报了名。

午饭还没来得及吃，她又赶过来了。我们一起拍摄了一组这样的镜头：我在学校的小花园专心致志地看书，她悄悄地来了，站在我后面想看看我在看什么书，我发现了她，抬起头，我们对视一笑。

摄制组夸奖了我们这个组合，说我们演得特别自然，笑容很灿烂，有一种心灵相通的感觉。

那当然！因为她是我妈，平时我们就是无话不说的好朋友，我最自豪的是——她是杏子老师心中的“神仙妈妈”。

要说这“神仙妈妈”的由来是有个故事的。

“六一”节的前一天我妈可忙活了，因为我们班要举行美食会。虽然也可以购买食品，可我妈说亲手做才能表达心意，她要把自己最拿手的粽子做给班里的同学吃。

我妈做的粽子可不是一般的粽子，不光原材料精挑细选，制作的工序更是重重叠叠。更让我笑个不停的是，她做的粽子个个都是“巨无霸”，一个粽子足足有柚子那么大。妈妈还振振有词：“你们班同学多，个个都在发育期，做这么大才够吃。”

晚上，我想象着同学们吃着“巨无霸”时欢乐的样子睡着了。

然而让我至今感到遗憾的事情发生了——盼了这么久的美食节，我居然没法参加。事情说起来是这样的：第二天一大早我发烧了，还是39度的高烧。妈妈带我去医院开了药，把我送回家后就急匆匆地带着粽子去了学校，中午一点多才回来。到底是自己的宝贝重要还是别人的孩子重要？气得我好长时间都不想和她说话。

直到杏子老师在班里说了这样一段话："爱自己的孩子是本能的，爱别人的孩子是神圣的；爱自己的孩子是人，爱别人的孩子是神。杨颜绮的妈妈就是我们班的'神仙妈妈'。"

后来听同学们说"六一"这天，教室里各种口味、各种流派的菜肴应有尽有，我妈做的粽子最受欢迎。她忙上忙下照顾着班里的每一个同学，最后还坚持打扫完教室才回家。

就这样，我妈在没有我的教室里度过了我期盼已久的"六一"，还带回了"神仙妈妈"的美称。

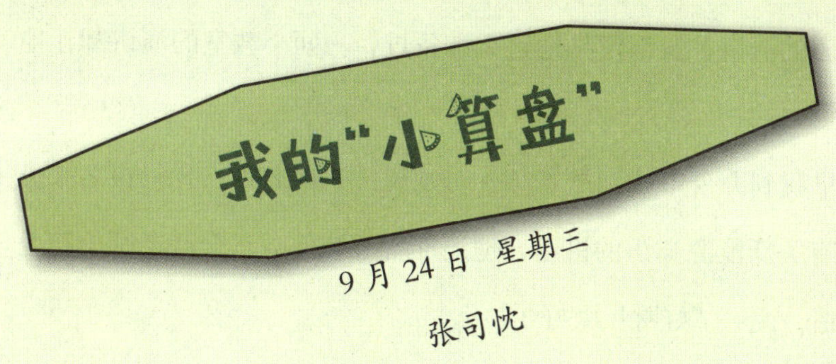

我的“小算盘”

9月24日 星期三

张司忱

前几天的综合课上，老师谈到了“新能源”，有同学立马提醒说我爸爸就是做这个工作的。老师笑眯眯地对我说：“那司忱不如把你爸爸请来学校，给同学们上一堂关于新能源的介绍课吧。”我点头应下。

一下课，同学们纷纷围着我问：“张司忱，你什么时候叫你爸爸来学校给我们上课啊？”“什么是新能源啊？”我好不容易才挤出人群。泼出去的水是收不回来的。晚上，我坐在沙发上谋划着怎样做才能让老爸愿意来学校给同学们上课。门铃响了，我郑重其事地把莫名其妙的老爸拉进房间，搬了把椅子让他坐下来。场面极其严肃，像两个“特工”上了谈判桌似的。

我郑重其事地对老爸说：“爸爸，严老师让你去我们班做一个关于新能源的演讲。”“是——吗？”老爸的语气中带着疑惑。按平常做派，一般严老师是不会主动请家长来学校讲课的。“没错！就是我们都敬畏的‘严大人’。”为了加大这“谎言”的可信度，我重复强调道。爸爸“哦”了一声。根据我对他的观察，他的这个“哦”基本就算是答应了。

“嗯……”爸爸正皱着眉头，在书里寻找一些可以用来给同学们上课的知识点。“锂离子电池储存电力……”“全球气候变暖……”“能源介质和方式……”爸爸自言自语地说着一些学术名词，不时还念叨着：“哎呀，怎么让孩子们爱听呢……”只见他的手指在键盘上不停地敲打并时不时翻着书。爸爸经常在各种大场面做新能源的演讲，我都没见他这么准备过，一间小教室的演讲却让他下足了功夫。

第二天一大早我到办公室找到严老师，对她说："严老师，我爸报名来班上给同学们做个有关新能源知识的讲座，他还准备了课件呢！"严老师的脸上露出了惊讶的表情，说："好呀！太好了！"

今天的班会课，爸爸来到了我们班的"职业小课堂"。他一接过话筒就滔滔不绝地讲了起来："新能源顾名思义，就是一种与传统能源不同的能源介质和方式。传统能源由钻木取火、柴木、煤炭到石油，如今环境和经济发展已经无法承受传统能源带来的压力，全球气候变暖、雾霾来袭，以及石油储藏量不断减少，因此人们在思考一种可以替代传统能源的介质和方式。比如……"说到这，他按了一下手中的控制器，忽然跳出来一幅搞笑的漫画，上面画着一个巨大的电池贯穿了整个地球，电池两端安装着太阳能电路板，人人手中的电子产品都用电线连着，全班同学笑得人仰马翻……

爸爸还在讲课中设计了有奖问答环节，获奖的同学举着精美的新能源汽车模型，个个大喊着一定要和爸爸合影留念，爸爸搂着我站在同学们中间，我感到十分自豪。

课上完之后，我躲在门后偷听严老师与爸爸的谈话。"感谢您来学校给孩子们讲课。"严老师感激地对爸爸说。

爸爸有些不好意思地说："哪里哪里，恭敬不如从命，严老师邀请我来讲课是我的荣幸。"

"啊？不是您主动说要给孩子们上课的吗？"

"可我家那小子说是您请我来上课的啊！"

听到这，我忍不住捂着嘴笑了起来：嘿嘿，我的"小算盘"成功啦！

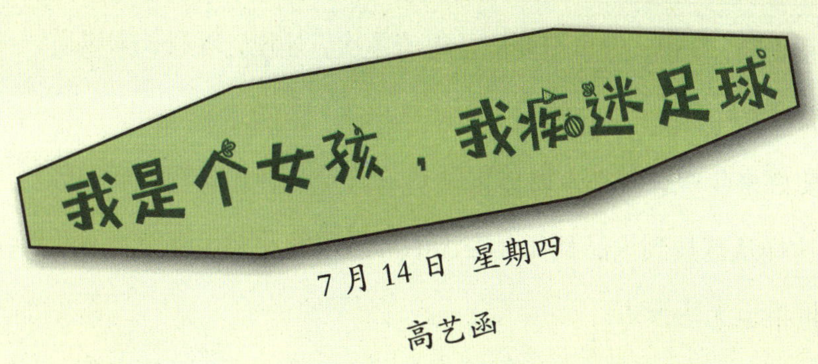

7月14日 星期四

高艺函

现在是晚上十一点多，原本和妈妈一起睡在大床上的我被妈妈无情地赶回了自己的小床，还被狠狠地训了一顿，这只是因为一场足球赛。

今天是巴塞罗那和西班牙人的比赛日，要说最近足坛上最热火朝天的事，无非就是中国球员武磊留洋了。他去的就是西班牙人俱乐部，而今晚的对决是“西甲”的豪门——巴塞罗那俱乐部，里面还有备受瞩目的“球王”梅西。虽然两队的实力悬殊，但武磊一上场的进球可谓力挽狂澜，把即将降级的球队从悬崖边救了回来。

武磊的出色表现使西班牙人增加了不少信心。今晚，所有人都在猜想“球王”和武磊之间会擦出什么样的火花，我也不例外。我妈却以时间太晚影响休息为由，狠心地拒绝了我看电视直播的恳求。

我是痴迷足球的女孩，但绝不是家长口中“被别人带坏了”“伪球迷”那么简单。别看我看起来比较斯文，但我不仅爱看球，还喜欢踢球。足球已经成为我生活的一部分。这一点在女同学中很另类。

这场比赛正在如火如荼进行着，全球肯定有超过一亿人在观看。而作为一名球迷，我却只能在纸上抒发着我的奢望。在遥远的北半球，在西班牙的国土，在巴塞罗那，在诺坎普，他们在上演一种什么样的精彩场景呢？我无从得知。

我妈妈说，她20多岁的时候才喜欢看球，像我这么大的时候天天在苦练钢琴，只想考上音乐学院。她说，做事情要能分得清主次，还说，等我长大以后，可以自己去现场看球。

我长大还需要好多年呢，等那个时候国际足坛会是一种什么样的局面呢？还会出现像梅西这样从球技到人品都如此完美的球星吗？还会出现绝代双骄的局面吗？这些事情谁也无法预知。

我突然好生羡慕此时正坐在现场的那些球迷。他们在这个年龄正好赶上了这场球赛并有机会目睹。他们可以随着“人浪”尽情地给自己喜欢的球队加油助威，可以一遍一遍忘我地呼喊球星的名字，可以放肆地感受激情时刻。我却什么都做不了，连看电视直播都成了奢望！

我推开窗子，窗外有些微风吹进屋里，天上有几颗星星忽闪忽闪的，显得有些落寞。此时的我想起梅西说过的一句话：“只要有你们在，我就不可阻挡！”我努力猜测着，“你们”是谁？“阻挡”又指什么？

我现在的处境可以用《Along》这首歌的主题来形容：“孤单，但不孤独。”我虽然没有在现场观看，但此时世界上千千万万的球迷却都在注视着同一个地方，此时我的心与他们同在。他们在做什么？在欢呼吗？在歌唱吗？我陷入了遐想。

抬头一看时间，写日记不知不觉花去了一个多小时。我觉得我什么都写了，又觉得什么都没写。

“球赛马上也要结束了吧？”我苦笑着想。

最佳开头奖

2月10日　星期六

金瑞翔

寒假已经过了一个多星期了，这些天，我可谓是疯玩度日，作业的事都抛到九霄云外去了。没想到，严老师突然在班群里发出通知，要抽查日记，要求每个同学准备好自己最满意的一篇。

在这火烧眉毛之时，我只好把我唯一的一篇日记硬着头皮发了上去，等待着严老师的批评。从图片发出去的那一刻起，我的心就是悬着的。我紧盯着手机屏幕，过了一会儿，严老师发了一个大拇指。我惊讶极了，是不是我的文章写得特别好呢？但仔细一想，严老师通常会给发来作业的同学都竖个大拇指，以示鼓励。不过，我悬着的心总算是安全落地了。

晚上妈妈对我说："严老师对每篇日记都点评了一下，你的日记还得了个最佳开头奖呢！"我简直不敢相信自己的耳朵，但总算是功夫不负有心人，这次开头，我可是想了很久呢。我写的就是严老师推荐我们看的《奇迹男孩》，它不像有些时尚电影，充斥着3D特效和流量明星。这部影片只是很平实地讲述了小男孩奥吉如何积极面对生活的故事，却是我看过的最吸引人的电影。

想到这里，我写下了这个开头：有些电影，它不需要什么大牌明星的加入，更不需要3D特效的渲染，但它却是最自然、最亲切、最能打动人心的，比如《奇迹男孩》。

可是，严老师怎么就知道我花了心思呢？得到了严老师的表扬，兴奋之余再看看其他同学的日记，他们有的从生活中捕捉很细小的事，玩是再平常不过的事了，但他们却能玩出名堂，就如李奕煊的《打战》、蒋静怡的《生日会》，还有戴子为的《教妹妹写日记》。他们的日记要么娓娓道来，让生动的场景如现眼前，要么妙趣横生，充满了生活情趣。

我的日记与他们的比起来还是有差距的。严老师更多的是在给我鼓励。下次我一定要写得更好，我不仅要得最佳开头奖，还要得最佳结尾、最佳选材、最佳结构和最佳创作奖。

等着瞧吧！

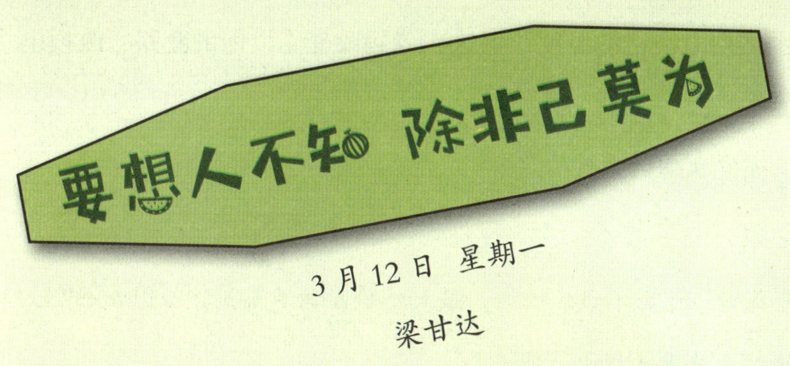

要想人不知 除非己莫为

3 月 12 日 星期一

梁甘达

今天，老妈一去上班，我就偷偷打开电视，一看就是一个上午。

看电视真是太爽了，但是老妈快要下班了，如果知道我看了电视，就将会是十篇八篇的罚抄等着我，那真太悲催了。

当前关电视是必须的，但要命的是，由于播放时间过长，电视机还在发热。以往每次老妈下班回来，用手一摸，唔？热不热？如果是热的，在确凿的证据面前，我每一回都是低头认罚。这次，我得想办法。

怎样才能快速散热消灭证据呢？有了，我拿了一个盘子，放上半盘冰块，再加上凉水，过了一会儿，水变得冰凉了。我接着拿出一张纸巾，沾上冰水，纸巾就变得凉冰冰的了，然后小心地粘在电视机上面，这是老妈经常摸的地方。这样反复换着贴了几张冰水纸巾，一边不时用手摸摸，直到完全感觉不到热，甚至比正常状态还更凉了一些，我这才放心到一边做作业去了。

一段欢快的圆舞曲响了起来，那是门铃声。我转着圈子踩着舞步去开门。老妈进来时，看我高兴的样子，说：“达，怎么这么开心呢？”

“没有呀，我在做作业，今天我可一点都没看电视，不信，母亲大人你可以检查。”

老妈疑惑地看着我：“奇怪了，平常我一检查你看没看电视，你就紧张，今天有点出乎意料哦。我看看。”

老妈开始用手试探电视机的温度，但这次老妈改变了以前的套路，改摸电视机背面了。

“咦，达，后面好热喔？”

“老妈，算你狠……”

“达，跟妈要花枪，还嫩了点。呵呵，做人还是要老老实实，要想人不知，除非己莫为，知道接下来要干什么了吧。”

“哦——”

十遍抄写的悲催节奏开始了。

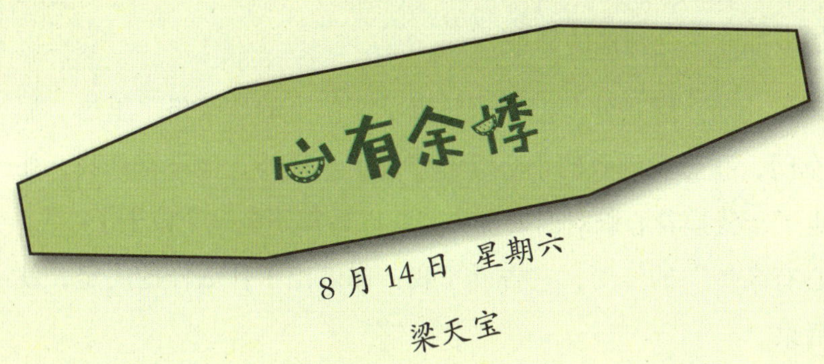

8 月 14 日 星期六

梁天宝

上午的狂乱心跳到现在还没有完全平复。

当时我们在乡下，我坐在四姨的车上，跟在游行队伍后边，缓缓移动。

突然，四姨转过头跟我说：“天宝，后边要装很多东西，你就先坐到副驾驶座上吧，不然放不下这么多东西。”我一听，心剧烈地跳动起来，为什么呢？因为我曾在一本书上看过，未满 14 岁的儿童不能坐在副驾驶座位上，不然会被扣分的。

于是我对四姨说：“四姨，未满 14 岁不能坐的，不然会被抓的！”可四姨说：“这是乡下，没有交警的，即使你坐，也不会有人抓的，而且，你只坐一会儿，放心吧。”

听完四姨的话，我还是摇摆不定，我记得课文里告诫我们的话：凡事不要抱有侥幸的心理，要懂得遵守规则、讲诚信。可我挺想试一试坐副驾的感觉，何况是四姨让我坐的。就这么一次，不会有事的。于是我便对四姨说了一声“好吧”，然后我就坐到了副驾驶座位上。

我本来就胆小，坐上去如坐针毡，一刻也不能安静。我紧张地望了一下四周，突然，心又开始跳了，这次不是普通的跳，心脏剧烈地撞击我的心门，因为，前方出现了交警！

30 米，20 米，10 米！随着交警越来越近，我的心都要跳到嗓子眼了，他离我那么近，我似乎都能感受到他的鼻息。

我急中生智，头一缩，脚一伸，把身子钻进了座位下的“暗格”里边，那个交警已经到了车门，我感觉到我的小心肝都要裂了。最终，他没看到我，往车里瞅了一眼就走了，我摸着心脏对四姨说：“我以后都不坐这个位子了。”

这就是我“心有余悸”的经历，它告诉了我：你做出了什么样的决定，就要承担什么样的后果。

一盆热水

7月31日 星期二

梁甘达

今天晚上我正洗澡时，老妈喊我帮忙倒盆热水给她洗头，我爽快地答应了。

我拿着盆一边装热水一边享受洗澡时那动听的音乐。一大盆热水装满了，我哼着小曲欣欣然伸脚到盆里泡起来。

我洗完澡走了出来，已经完全忘了那盆热水，穿好衣服就去弹琴了。这时老妈正在扫地，打算扫完就去洗头。

我这边弹钢琴，老妈那边扫完地就进了冲凉房，准备洗头了。老妈在冲凉房大声问："达达，这是你给我准备的热水吗？"

我立马停下弹钢琴，突然想起那盆洗脚水来。用洗脚水给老妈洗头，这不行呀。我着急了，飞快跳下凳子，然后躲进墙角看妈妈如何处理那盆水。

妈妈说："这盆水怎么这么凉？还这么浑浊？怎么回事？都怪我来晚了。"说完又走出了冲凉房。

"补锅"的机会来了。我马上冲了进去，把门关上，把水倒掉，然后重新装满一盆热水。老妈听见了冲凉房哗啦哗啦的水声，便问："怎么回事啊？"我说："没事，撒个野！"

老妈再进来时，我已经准备好了热水。

我关上门，靠在墙上，听见妈妈哗啦哗啦的洗头声。

还好，有个时间差，要不然真的"坑妈"了。

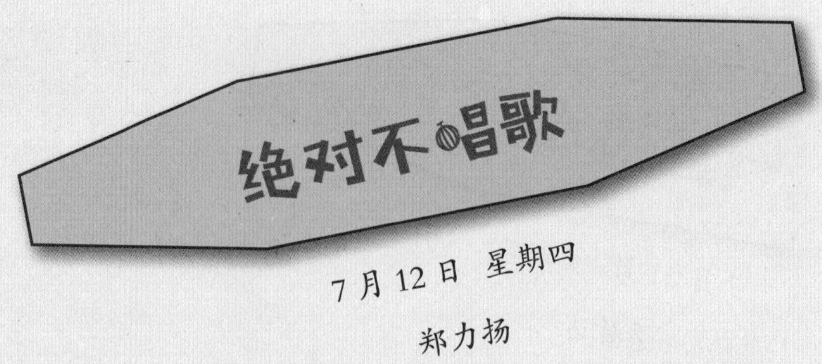

绝对不唱歌

7月12日 星期四

郑力扬

中午，我跟着亲戚们一起去KTV唱歌。

我实在太讨厌唱歌了，我对此有着奇怪的审美标准：除了专业的歌手唱歌，其他人唱的歌都很难听，包括我自己。但是，这些话我只能埋藏在心里，要是说出来，别人会感觉很奇怪的。

虽然我知道这是一个谬论，但是我并没有修正的打算。我自己觉得这个没必要改，因为这并不是什么影响我人生的大事，我更想把精力放在其他地方。

大家都在劝我唱歌："郑力扬，唱一首歌吧！""郑力扬，再不唱就没机会啦！"而我总是这样委婉地拒绝："不用了，不用了。"就连妈妈也在劝我唱歌，大家说她是这群人中唱歌唱得最好听的，可我觉得她唱得不好听，也许是她的声音有点尖的缘故。

不过，我并不否定大家的观点，她确实是这群人中唱歌唱得最好听的，因为其他人都觉得自己唱歌不是很好听，他们很谦虚。

可我好像有点谦虚过头了，谦虚到已经开始变得自卑了。我听过许许多多的人唱歌，但我依然觉得自己唱的歌是最难听的。抱着这样的心态，我今天一首歌都没唱。虽然做到了"绝对不唱歌"，可总觉得缺少了点东西。

兴发教学不是告诉我们要自信而且谦逊吗？不是说，宁愿自负一点点，也不要自卑吗？

没错，我缺少的就是自信，缺少的就是勇于唱出口的自信。

下次要是有机会，我会战胜自己。

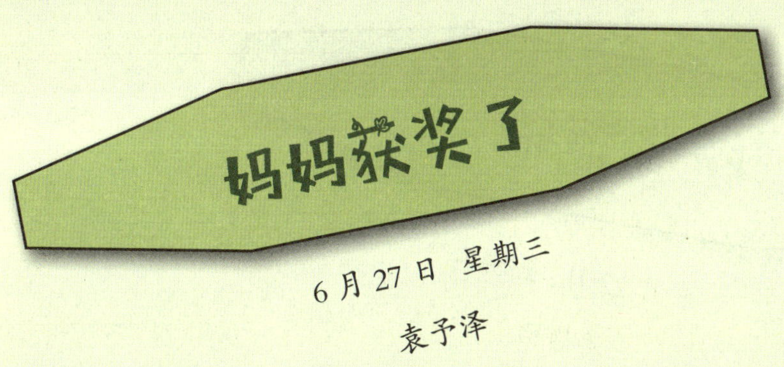

妈妈获奖了

6月27日 星期三

袁予泽

今天早上，在上语文课的时候，严老师拿着一个书包走进了教室，我觉得好奇怪，严老师为什么要拿一个书包来上课呢？

原来严老师今天要颁发一个奖，而这个奖的主人竟然是我妈妈。事情是这样的——

前天，是我们去拍摄兴发教学录像课的日子，严老师需要几位家长负责同学们的接送任务，我自告奋勇地给妈妈报了名。

我妈早早地把我们送到拍摄地点，一直在大门口等着。那天天气很热，可她连水都不敢买，生怕同学们回来的时候找不到她会着急。我们出来得有点晚，回去的时候，妈妈担心我们回到午托服务中心不能吃到热腾腾的饭菜，就给我们每个同学叫了一份可口的快餐，我们吃得很开心。但是在叫餐的时候，妈妈的车停在路边被罚款了。同学们都为妈妈心疼，但是妈妈却说："没关系，只要你们吃得开心，阿姨就放心了。"

没想到这件事情被严老师知道了。严老师用她那抑扬顿挫的语气和满腔的感激把妈妈的"丰功伟绩"动情地描述了一番，同学们把热烈的掌声和羡慕的目光送给了我。

我第一次无比骄傲、无比激动地站在讲台上领奖，尽管我只是一个代领者。

严老师还说："赠人玫瑰，手留余香。"看来我要去考察一下妈妈的手了，也许真的会有点不一样。

5 月 22 日 星期二

蒋静怡

今天我真真切切尝到了饿的滋味，实实在在地体会到了饥肠辘辘的感觉。

早上，不知怎么的，我没有什么胃口，只喝了一杯牛奶，吃了几块饼干便去了学校。可第一节课刚上不久，就觉得肚子里的食物基本消化了，整个肚子里就像一座宫殿，地方大得很，可就是空荡荡的。

第二节课刚上课，我就感觉肚子里的食物连残渣都没有了，肚子发出咕噜咕噜的声音向我求救。我知道胃里面没有食物的话，尽职的胃还是会继续工作，可是那是在空磨呀！亲爱的身体，对不起，我伤害了你们。

上午还有两节课呢，一阵阵饿感来袭，好像有点头晕，我可千万不能倒下呀。我正了正身子，准备把后面的这两节课给挺过去。唉，“人是铁，饭是钢，一顿不吃饿得慌”，我终于明白这意思啦。早上，我怎么不多吃上几口呢？哪怕再吃一块小饼干也好啊，哪怕再喝一口牛奶，估计还能顶一阵子啊。

第三节课的时候，我已经饿得两眼直冒金星了，骨头都软了，瘫在桌上抬不起头来，根本不能集中精力上课，只盼着早点放学吃午饭。

时间过得真慢，终于放学了。我拖着沉重的脚步回到家里，饿虎扑食般地扑向摆满饭菜的餐桌，一口气把一大碗饭菜全吃光了，真是美味！那个过瘾呀！

我终于相当透彻地理解了“饥肠辘辘”和“狼吞虎咽”这两个成语的含义。

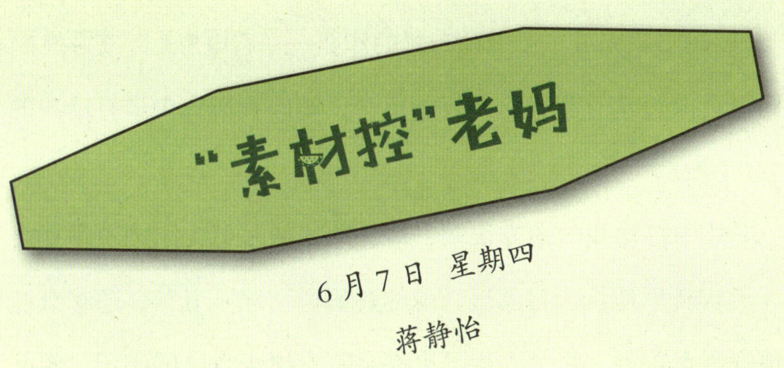

6月7日 星期四

蒋静怡

"静怡，远离雾霾，从我做起，多好的日记素材！"

"静怡，周末参加的活动你有什么想法？可以写下来。"

"这张照片记得吗？你可以把背后的故事写出来。"

…………

瞧，家有一位"素材控"老妈，走到哪里都是日记、作文素材，走到哪里都是话题。

上个周末，我帮老妈做家务并尝试着学做饭，老妈喜滋滋地当起了"军师"，指点手忙脚乱的我。做饭前她给我一个光荣的使命，要把过程记录下来，建议我当成当天的日记素材。做个饭都带上任务，真有点不情愿。

我们做的两道炒菜叫素炒双丝、野山椒炒牛肉。妈妈先让我观察准备好食物及配菜，再看她的刀法。不看不知道，这一仔细观察还真有了发现，原来柿子椒可以切得那么美，土豆切丝有特殊方法，牛肉则要按纹理切才会好嚼……

妈妈麻利地把油烧热，把备好的食材按顺序放进炒菜锅里，边炒菜边说明，边说明边提醒我要记住，我在脑海里用了关键词记忆法：备材料，烧热油，先炒荤，小火煎……妈妈也让我试着炒了牛肉，我小心翼翼地翻炒牛肉，与妈妈的熟练形成了鲜明的对比。在一番体验后，我不光参与了烹饪美食，还在"素材控"老妈的提醒下写出了一篇自己比较满意的日记。

今天也是周末，妈妈陪我完成了严老师布置的作业——看电影《奇迹男孩》。看完电影后的老妈怎会放过这收集素材最好的机会，她问我影片中最打动我的地方在哪里。

我的想法是：影片中打动我的地方很多，最打动我的是奥吉刚刚上学那会儿被同龄人欺负。奥吉自卑地认为自己丑，他的妈妈说“你不丑”，还拿自己脸上的皱纹打趣地安慰奥吉说，每个人生下来都会有专属于自己的印记，像她脸上的皱纹，就是循着奥吉成长的每一个阶段留下的重要印记。

“好素材，就这么写！马上写！”老妈一激动声音提高了一个八度。

于是，我回家提笔就写下了《成长的印迹》，还真找到了一点严老师说过的“笔下生花”的感觉。

家有“素材控”老妈，让我不错过身边的精彩素材。尽管有时我也被妈妈的碎碎念折磨得想逃之夭夭，但翻翻日记本上一篇篇有趣的日记，我便读懂了老妈的良苦用心，瞬间觉得老妈特别可爱。

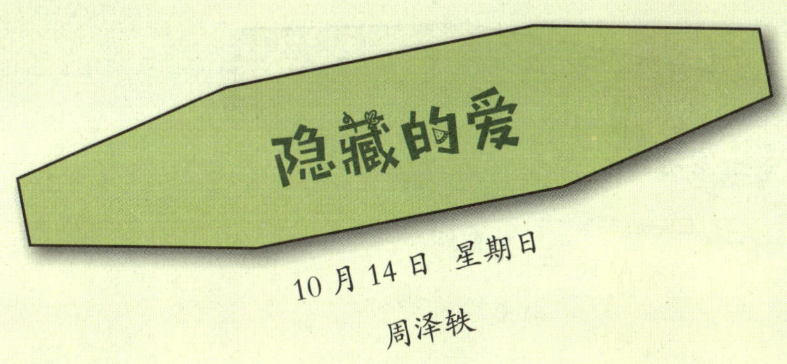

隐藏的爱

10 月 14 日　星期日

周泽轶

今天我的作业没有写完，又偷偷溜出去玩。爸爸打电话叫我回来，我也没有按约定的时间回来，反而回来得很晚。爸爸特别生气。为了惩罚我不守信用，爸爸把我锁在阳台，让我反省，还不给晚饭吃。

晚上八点，爸爸带着家里其他人出去玩了，唯独把我锁在阳台。关门声一落，我就开始大声唱歌，把爸爸所有的坏毛病和对爸爸的不满全部以歌的方式唱出来，恨不得全世界的人都知道。

我唱累了，靠着墙坐下，开始环顾四周——阳台没有灯，黑漆漆的，好像有一些怪异的黑影在晃动。我的心情也变得越来越糟。

就在这时，从阳台的门缝里透出一线微风，我轻轻一推，门竟然开了，我喜出望外地跳了起来："老爸一定没想到我会出来，他竟然这么粗心。"我开心地跳起了舞，庆祝自己胜利出关。我又从厨房的锅里找到了还冒着热气的饭菜……

突然，电话响了，我拿起电话。爸爸问："你反省得如何？"我自豪中带了一点骄傲："爸，你也太粗心了，阳台的门都没锁啊！"爸爸沉默了一会儿就把电话挂了，难道——

坐在客厅里吃着香喷喷的饭菜，我脑海里浮现出爸爸悄悄给我留门缝和饭菜的画面。

我找到了爸爸隐藏的爱。

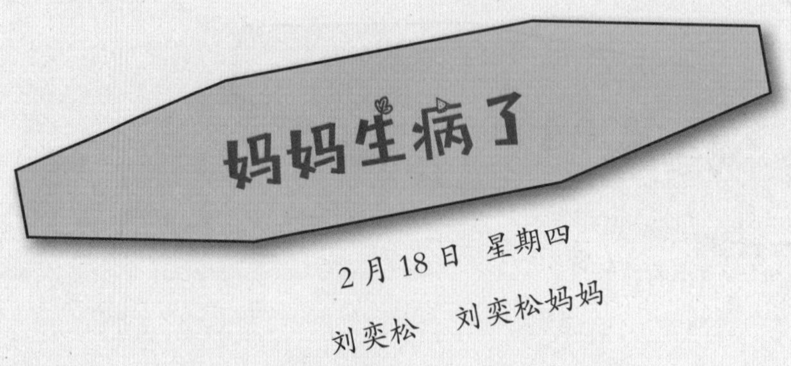

妈妈生病了

2月18日 星期四

刘奕松 刘奕松妈妈

今天下午，我在晚托期间写完了大部分作业，正好到了六点四十五，通常妈妈都是在这时候来接我的，我高高兴兴地把书包装好，在门前等候。可是都七点了，妈妈还没来，我有些担心了。

我赶紧给妈妈打电话，可是没人接，我只好把剩下的一点练习做完。过了二十分钟，门铃响了，原来是妈妈来了，我飞快地跑下楼去，看着妈妈有气无力的样子，我着急地问："妈妈，你怎么了？"

"我今天肚子疼，本来不想来接你的，打电话给托管，可是占线……""妈妈，我们去买点药吧。"我着急了。

回到家里，妈妈吃完了四五粒药，就躺在了床上。

妈妈告诉我："冰箱里有几盘菜，你去拿出来，用微波炉热一热，放在桌子上，一会儿我要吃一点。"

我先把饭桌上下擦得干干净净的，还把饭碗都消毒了，因为我知道妈妈现在用什么都要干净的，她是肠胃炎，弄不好肚子更疼了。我又把饭菜热了两三分钟，确认都热腾腾了之后，才把妈妈叫出来吃饭。

桌子上有三盘菜，香香的，有炒莜麦菜、辣椒炒肉、炒豆角。可是妈妈眼睁睁地看着菜，却不想动筷子，偶尔夹一下盘子里的莜麦菜。过了一会儿，妈妈又吃了一点菜，就回房间了，只留下我一个人孤零零地站在那里。我回过神来，把剩下的东西收拾好，放到冰箱里，把碗洗完，不时听见屋里妈妈微弱的呻吟声。

才九点多，我们就躺在床上睡觉了。妈妈肚子疼，累了，很快就睡着了。听着她沉稳的呼吸声，我真希望妈妈明天赶紧康复，我真的太担心了。

〔妈妈的话〕

孩子的这篇日记写在我人生中最艰难的时刻。那段日子，我的家庭出现了一些状况，原本学习拔尖的奕松因为没完成作业，开始接到老师的投诉。因为情绪不稳定，我自己工作上连连失误，每天繁重的压力让我喘不过气来，很多事情让我疲惫焦虑，患得患失，身体也每况愈下，扛不住的我生病了。

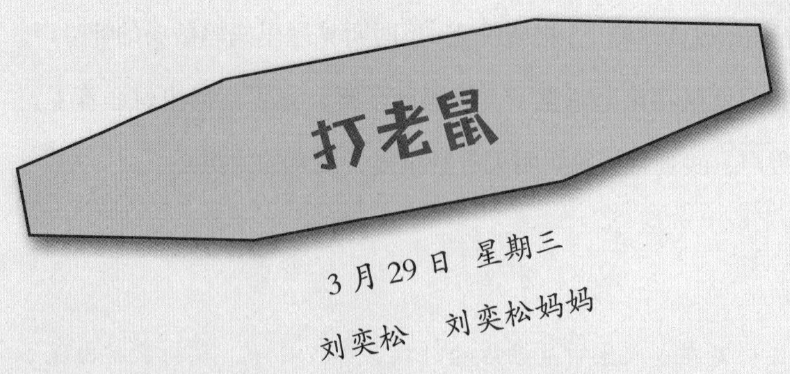

打老鼠

3月29日 星期三

刘奕松 刘奕松妈妈

晚上，我回到家时妈妈还没回来。我放好书包，返回客厅，忽然听见了一阵哗哗声。

刚开始我还以为是风吹的呢，后来我才发现不对劲——客厅里明明没有风，那是什么呢？我到处寻找，最后发现声音是从沙发底下的一个筐子旁传来的，隐隐约约还看见了一双贼溜溜的小眼睛，是老鼠！它肆无忌惮地吃着东西，竟然把我家当成食品仓库了！我一直盯着沙发，生怕老鼠逃到别的地方去。过了一会儿，妈妈回来了，我忙指给她看，她大惊："什么？我们家进老鼠了，看我来消灭它！"

我们先做准备，第一步得把客厅里所有的洞和缝都堵上。我们拿来了很多被单、枕头、衣服，能用的全用上了。钢琴下面、电视机底下，就连冰箱旁边最隐蔽的一个缝也都塞上了东西，此时的家就像一个打满补丁的布袋。哈哈！这下老鼠肯定躲不掉了吧，跑到哪里撞到哪里。

"法网恢恢"之后，我们掀开沙发的垫子，心想：老鼠，你就乖乖就擒吧，不管你是大老鼠小老鼠胖老鼠瘦老鼠，全给你一锅端了。我们慢慢地从沙发底下抽东西——咦！怎么没有老鼠跑出来？难道它躲起来了？我们不停地清空东西。果然，这是老鼠的美食基地，筐子后面有一大堆吃的：还剩了一小半的玉米馒头，咬了一口的新疆红枣，一块旺旺雪饼也被啃了几下。这只老鼠吃的东西还挺讲究的嘛！我们把那堆垃圾清理过后，只剩下一个折叠椅没有动过了，老鼠肯定在折叠椅下面！我们小心翼翼地翻开椅子——什么？竟然也没有，老鼠去哪了？这只狡猾的老鼠肯定已经熟悉了我家的地形，可能在我去给妈妈开门的时候已逃之夭夭了。

不一会儿，家里又传来了窸窸窣窣的声音……

〔妈妈的话〕

松松的善解人意极大地激励了我，使我度过了那段艰难的日子，距上次的生病已经过了一个多月了。这段时间，我迷上了网购，几乎每天都有快递。家里堆满了大大小小的零食盒子，满屋飘香，最终引来了讨厌的老鼠。家里每天都会有窸窸窣窣的声音，一连七天，我们每天晚上都会半夜三更起来打老鼠，那只老鼠仿佛成了精，怎么也抓不到，我也累得快散架了。

后来，我想到了一个办法，在网上买了一大包老鼠贴放到电视柜底下。当天晚上就抓住了老鼠，真是大快人心！

松松的这篇日记记录了我们与老鼠“对抗”的日子。

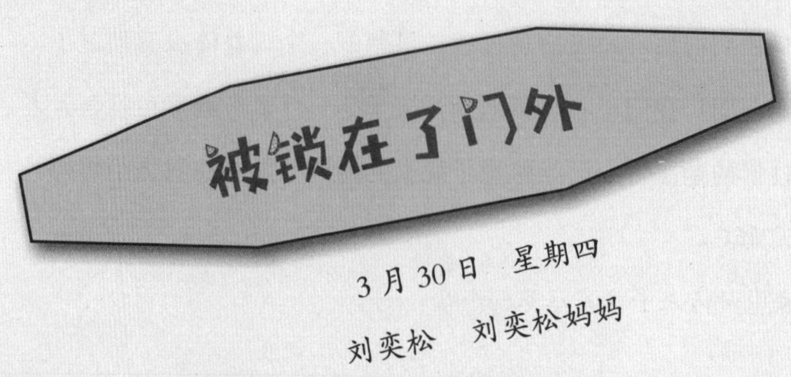

被锁在了门外

3月30日 星期四

刘奕松 刘奕松妈妈

（一）

昨天由于我家进了老鼠，我和妈妈都没睡好，今早八点才起来。

我匆忙带了点面包，背起书包就冲到了电梯口。妈妈送我出了门。突然，砰的一声，风把门关上了。这下完了，妈妈没带钥匙，她赶紧拉门，但是打不开，我和妈妈用尽了九牛二虎之力也没办法。妈妈对我说："你先去上学吧，别耽误了课程，这里的事我自己来解决吧。""不行，那你怎么办？你只穿着一件睡衣，又什么都没带，还是我来帮助你吧！"我坚持着要留下来陪妈妈一起解决问题。"……那好吧，你就先去奶奶家，帮我拿件衣服，再打电话给经常来我们家的那个师傅，请他把钥匙送过来……"

我下了楼，今天的风是那么大，又夹杂着雨。我只穿着一件秋衣和一件外套，裤子也很单薄，我瞬间感到一种刺骨的寒冷。我冒着风雨，奋力奔往奶奶家。到达之后，我二话不说，立刻拿起电话拨给了姥姥。嘟——嘟——终于接通了。

（二）

那位师傅同意把钥匙送过来，我心中的一块大石头总算落了地。

我放下了电话，闪电一般地冲出了奶奶家。

等我到了门口，看见妈妈蜷缩在角落里，我赶紧给妈妈披上衣服。我对妈妈说：“妈妈，我书包里还有一些钱，你饿了，就跟我说，我去楼下帮你买吃的，渴了，就帮你买水。”“不用了，我现在没心情吃东西。”妈妈说。过了一会儿，不断有人来往，而我们在一旁就像无家可归的鸟儿。

妈妈说：“你拿点钱下去买点饼干吧，顺便帮我看一下时间。”我下了楼，来到一个小卖部买了一包大饼干和两包小饼干，又看了一下时间。天哪，已经十点十分了，看来我只能请假了，可是妈妈的手机也在屋里。我把饼干带上来，发现妈妈喜欢吃那种小饼干，像只小馋猫，一会儿饼干袋里就空空如也了，于是我又买了两包。

（三）

又过了一会儿，妈妈等得有点急了，就借了一个过路人的手机打给了师傅，问他钥匙怎么还没有送来。师傅说钥匙已经送到小区后面的保安亭了。我们赶紧冲下楼，到后面那个保安亭，问保安师傅有没有收到钥匙，可是回答却是：“没有啊！”我们又跑到前面那个保安亭，但那里没人，屋里也什么都没有。我们到管理处，让那里的人打电话给小区里的所有保安，但他们都说没收到什么钥匙。

忽然妈妈眼睛一亮，对我说：“他会不会把钥匙放在小区外面建行的保安那里了，我们去看一下吧。”我和妈妈又激动地跑到了建设银行。但那里的保安也没收到钥匙，我们泄了气。

我们坐在管理处，心急如焚，又无能为力。妈妈借用那里的电话打给师傅。刚刚拨通，妈妈就着急地问：“钥匙到底在哪？保安这里都没有。”师傅大喊：“是万丰山庄保安亭啊！”什么？又要跑去师傅家那边，他怎么之前不说清楚啊！我和妈妈向别人借了一百块钱，先到妈妈上班的地方请假，再打车到师傅家门口拿钥匙……

经过一上午的奔波，我们终于拿到了钥匙。

〔妈妈的话〕

在快乐的松松的影响下，我已经走出了焦虑，心情也慢慢好了起来，家里时常能听到我们的欢声笑语，可能是我们太沉溺于这种高兴氛围的缘故吧，才会遇到我生命中最尴尬的一件事，这件事让我每每想起来都会觉得很难为情。

在这里我要再一次谢谢我的松松。粗心的妈妈没料到天气这么冷，寒风刺骨，风雨交加。身上只穿着一件薄薄的单衣，脚上穿着凉鞋的松松全程为我跑进跑出，谢谢你，宝贝！

每一件事情都有两面性，生活给了你磨难，可是会让你更成熟。是儿子让我这个当妈妈的明白了这个道理。

宝贝儿子，妈妈有些话一定要对你说：本来是妈妈应该为你挡住风雨，爱惜你，保护你，可是妈妈在遇到困难的时候自己变得很沮丧、很敏感，有时还对你很没耐心。倒是你勇敢坚强、积极乐观，你让妈妈知道，没有一件事会糟糕到透顶，没有什么大不了的困难。跟同学闹矛盾了，学习落后了，工作遇到困难了，生活上遇到挫折了，都没关系，我们知道在哪些方面做得不好，我们就努力改正，没有过不去的难关，人就是这样一点点进步成长的，人的一生都需要成长。

前天遇到了严老师，她说妈妈漂亮了，比以前更多了一份内心强大之后从容自信的美，妈妈听了好开心。宝贝，这些都是你带给妈妈的，何其幸运，我能拥有你这么优秀的儿子，让我们手牵手笑着去面对以后的每一个日子。

谢谢你，我的守护天使！

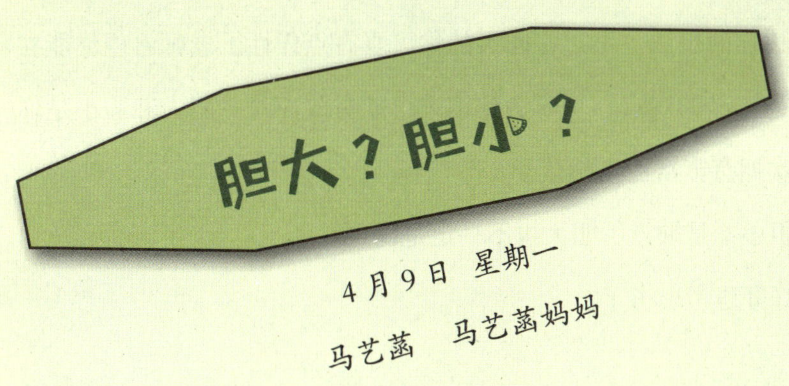

胆大？胆小？

4月9日 星期一

马艺菡 马艺菡妈妈

有时候，我觉得我是一个胆小的孩子。

记得有天晚上，风呼呼地吹，我以为那是传说中的鬼来了，吓得不敢动弹；又如某次洗澡的时候，风突然把门吹开了，我吓得连声喊“救命”；白天上学，一旦周边发出一丝奇怪的声音，我也会吓得撒腿就跑；晚上睡觉，不自觉地会幻想着一件件衣服都变成了一个个幽灵，上面似乎还写着“鬼”字。在这些时候，我觉得我胆子很小，很没用。

有时候，我又是个胆大的孩子。

在昨天的舞蹈课上，一个同学不小心踢到了我，我很生气，下课后着急地向老师投诉，但没想到老师说：“玩耍的时候踢一下你又有什么关系？”我随口就说：“那就是老师您不负责任。”老师问同学们：“我负不负责任？”同学们异口同声地回答：“负责任。”可倔强的我一点也不肯服输，不停地念叨着：“您就是对我不负责任！对这件事情不负责任！”

老师生气地把这件事告诉了我的爸爸，回到家的我还在念念有词。爸爸找我谈话了，他说我这“胆大”的后面藏着一点任性和一点自私。

那究竟是胆小好还是胆大好呢?

今天一大早我就来到学校，把事情的过程原原本本地告诉了严老师。严老师对我说：“胆小的你爱幻想，在我看来天真可爱。胆大的你不是故意捣乱，你是在自由地表达你的想法。不过，昨天的你可真有点任性。老师希望你能在课堂上大胆地表达自己的观点，平时遇到困难也能勇敢面对。胆大和胆小是你的两面，老师喜欢拥有丰富性格的孩子。”

这么说来，胆小不是缺点，胆大也不一定是优点。

看来我真得好好思考思考了。

〔妈妈的话〕

有界限的自由才是快乐的自由

菡菡，在你小时候，妈妈工作很忙，身为新手妈妈的我崇尚西方的教育理念，认为孩子应该在宽松自由的教养环境下成长，活出自我和个性。也许因为这份“自由”，年纪小小的你便有了很独特的个性。你勇敢大胆，喜欢对任何事情进行评价，同时固执己见，当听到外界不认同的声音时，你往往特别敏感和焦躁，执着于说服别人去认同你，为此经常与同学起一些小冲突。这不，你与老师也会发生矛盾。

从那次我们“冷战”起，妈妈就开始通过系统的学习去更正自己的教育方式，我开始阅读《新父母学校》《心理营养》《捕捉孩子的敏感期》等教育书籍，还报名参加了“NLP亲子关系”“家庭教育心理学”等家庭课程的学习。

学习中，妈妈终于明白了，你今天性格的形成其实是因为幼年期缺少陪伴导致的安全感缺乏。当你遇到问题和困惑时，我没有站在你的角度去理解你的感受，而是直接批评或者提要求，没让你懂得问题的根本，从小处于“自由教育”的你自然会抗争。原来，妈妈才是一切问题的根源！是妈妈疏于在你的“自由”世界里设定界限，没有让你知道有界限的自由才是真正快乐的自由。

自由是有界限的，有时候我们会把维护自己利益的辩驳误作表达自由大胆的声音。菡菡，我们要学会站在对方的角度去看问题，尊重他人也是对我们自己的尊重。

老师说得对，你的胆小和对声音的敏感度似乎透露着你的细心、专注度和丰富的想象力。妈妈相信，这些小恐惧会随着你的成长，随着你科学知识的充实而慢慢被驱散。

我们不需要特别去定义自己究竟是属于胆大还是胆小的人，用善意的眼光看待世界，或许会有不一样的体验。

妈妈愿意和你一起成长。

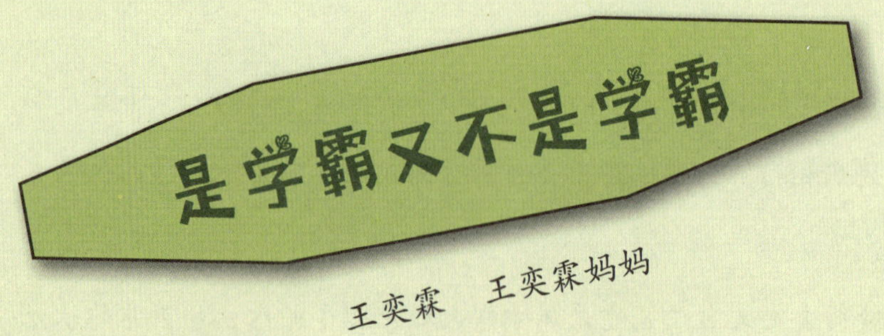

王奕霖　王奕霖妈妈

作业大翻身

6月2号　星期六

今天是星期六，我正在房间读英语，王思睿和他妈妈来了。我能听见我妈在和王思睿妈妈的聊天。

“我家小子家庭作业又没跟上，每天忙着玩！”老妈又在嫌我作业做少了。

“思睿经常会做我布置的练习题，做了很多。”思睿妈妈的语气有些自豪。

我听得心一紧，完了，这下我妈又得加量了。这俩妈只要在一起就会“攀比”谁家孩子课外作业做得多。

“真好，哪像我家那个，说不定又在里面玩呢！”我妈又在发挥想象力了。

居然这样不信任我，怀疑我作业做少了。好吧，今天我要让老妈开开眼界。

我先抽出妈妈精挑细选买回的《实验班》，好，就是这本了！我翻到昨天刚学的一课，后面居然配了整整一个单元的复习题，不管了，反正今天我要反击，让你们知道我这学霸也不是白叫的。

《实验班》写完了，我迅速扔到一边，下一本——《最强大脑》，这种题做出来老妈会很吃惊的。我唰唰唰地计算起来。当我把自己与外面隔绝的时候，我就会具有让自己都惊叹的超能力。过了一会儿，《英语阅读理解》《语文阅读理解》，还有四本数学题外加一篇字帖，我全写完了。我拿着一叠作业堆到老妈跟前，老妈惊呆了。

好戏还没有结束。

下午上英语课外班，我获得了“今日之星”和单词100%的正确率，老妈彻底无语了。

明天我想和老妈说，有错我可以改，但是请不要拿我和别的孩子去比较。

〔妈妈的话〕

王同学的日记让我忍俊不禁，我这老妈怎么有点“虎妈”的感觉。王同学其实是很自觉的，日常生活基本都能自己安排得很妥当，除了完成学校作业，还会自己挑战一些难题。因为做事比较高效，王同学在学习时间内留出了大量空间。作为中学老师的我知道，学有余力的孩子在这个时候完全可以也应该加量加料。可是每个孩子都有惰性的一面。于是，我的邻居同时也是王同学心中的“畏友”——思睿同学的身影就会适时出现，每次的激励都很见效，两个妈妈欣慰地见证着两个孩子的共同进步。只是做教育的我应该懂得“知止”，孩子有逆反心理就不好了，我应该相信他的自我管理能力。

师徒争霸赛

5月6日 星期四

今天体育课要测50米跑，我和胡天杨来了一场师徒争霸战。为什么叫“师徒”呢？因为我和胡天杨之间有约定，我是胡天杨学习方面的老师，但是在体育方面我是他的徒弟。他觊觎我的学霸位置已久，几次冲击败下阵来还曾暗自落泪；我眼红他矫健的身姿、奔跑的疯狂，有心和他较量一番。好在我的运动也不赖，“蓄谋已久”的我今天有信心超越他。

做完热身后就开始进行紧张的测试，胡天杨机灵地和我站到一队，做好一决高下的准备。随着体育老师一声令下，我和胡天杨同时敏捷地起跑，急速冲了出去，一路上我们不相上下，互相追赶。在冲刺的最后关头，我拼尽全力，以微弱的优势获胜，我心里默默地欢呼——哦耶！

大家眼睁睁地看着学霸我居然赛过了我们班的“体育王子”胡天杨，都有些目瞪口呆。胡天杨自然不肯认输，他要求再比一场，这次我们分开跑，体育老师帮忙计时。我先上场，跑了7秒77，同学们都欢呼起来，因为我创造了我们班的新纪录。随着胡天杨的起跑，我的心开始忐忑不安。我站在跑道边，看着飞奔的他像闪电一样冲过终点，我紧张地去看体育老师手中的秒表，7秒79，比我慢了0.02秒，我内心小小窃喜，但是心里也暗暗担心天性不服输的胡天杨还要再比一场。果不其然，他要求再比一次。

我心里明白他是有真正实力的，我靠的是拼了命不服输的劲头，况且我的“猛跑后遗症”发作了，一条腿变得超级痛。只是同学和老师都在一旁观赛，我不能扫大家的兴。结果可想而知，胡天杨率先冲过终点，而且破了我的纪录。

此次比赛虽然我和胡天杨各有胜负，但是不得不承认胡天杨在体育方面确实比我强，耐力和毅力都胜过我。

我非常期待下次的师徒争霸赛。

〔妈妈的话〕

同样是竞争，自己想要去争取的就比妈妈刻意而为的要强很多。王同学班上正在进行的教育改革叫兴发教育，我们中学也在进行这个改革，兴发教育就是要兴起和引发孩子自己真正的自主性，调动其自身的潜能。

儿子，妈妈很高兴看到你主动挑战自己的运动极限，你和同学之间的竞争是积极的、阳光的。兴发教育尤其提倡文武双全，你经常回家跟妈妈说你要做个文武双全的学霸，因此，高兴之余妈妈也要提醒你注意保护自己，运动之前的热身、疼痛之后的休息都很重要哦！

学霸的特权

4 月 17 号　星期四

“离考试时间只剩四十分钟了！”庄老师在队伍旁边提醒大家。

“什么？这么快！”同学们躁动了。

今天是学校的少先队入队仪式，耽误了一些时间，同学们都加快了步子，有的还小跑起来，一边跑一边嘟哝：“怎么办？还要吃早餐，还想再背背公式。”

我走得很从容，因为这次是重考，高分的人可以不考，由于我考试得了满分，选择了不考，所以我丝毫不用担心。

杨育鸿跑来问我：“你四十分钟够吗？”

我回复他：“我不考。”

他朝我吐了个鬼脸，又急匆匆地跑了。

回到教室，杨颜绮在发试卷，我还是拿了一张，想着不考也可以研究一下，然后和同样不用考的刘奕松商量到底要不要再做一遍。看过试卷后我们觉得，这次题目与之前没有太多变化，于是他们都在写试卷的时候，我就很悠闲地干自己的事了。一旁的侯英杰吃惊地看着我，问：“你还不写试卷？”黄东煜回答道：“人家是学霸，拿到了免考牌。”

我很开心，我有一段自由支配的时间，这是我用平时的努力换来的，在别人绞尽脑汁考试的时候，我可以自由地、随心所欲地做自己喜欢的事情，这感觉真的很好。

〔妈妈的话〕

认真学习、认真考试是一个学生应该做的事情，我们感恩老师，为了鼓励你们，给予了免考的机会，让你内心的小虚荣得到了满足。妈妈身边有很多很优秀的学生，你都认识。你细心观察就会发现，优秀的学生一定是养成了优秀的习惯，他们习惯于每天都认真听讲，习惯于每天都认真完成作业，习惯于每一次都认真对待考试。王同学，你能坚持下来吗？

学霸的苦恼

3月19日　星期四

（一）

今天语文考试，我得了99分的高分，却高兴不起来。

我们严老师的要求比较特别，如果生字不出错可以没有任何抄写作业，我估计全国的小学生可能只有我们班不用做抄写作业，这自然为我这学霸争取了很多宝贵的时间。可是老师也有附加条件，如果考试写错了生字，就要补上抄写。这次考试我其他什么都没有错，偏偏就是生字错了。本来抄写一遍生字也不是件辛苦的事情，可是我是堂堂学霸呀，抄嘛，怕被人笑话，不抄嘛，又会被严老师发现，何况我也不能做不守诚信的事情。

我悄悄地抄起了生字，可哪里逃得过同学们的眼睛，他们个个看稀奇一样：“看，学霸都写错字了！”

“学霸考得比我差，我都不用抄！”

“哈哈，学霸惨了！”

我不服气地对峙：“有本事你们就次次考100分！”我真是很郁闷。

抄着抄着，我抄到“闷闷不乐”这个词语，我自己正闷闷不乐呢，抄到这个词更是火上浇油、雪上加霜。接着我又抄到“疲惫不堪”这个词语，不小心把它抄成了“惫疲不乐”，我更烦了，此刻的我是又累又不开心。

下课了，我还没有抄完，也只好回家。下午我早早来到学校，趁着班里没人，和侯英杰一起继续抄生字，幸好在大家来之前抄完了。

（二）

今天是倒霉的一天，首先数学考了个90分，这是我开学以来考得最低的一次。

“你们瞧瞧，我这次考分超过学霸了！威武吧！”

“我也是，回家可以去申报个‘超越’奖啦！”

…… ……

也许同学们并不是针对我，但是我就是感觉有十个甚至上百个嘲笑的声音在我耳边萦绕，让我心神不宁。我感觉无数双眼睛已投来讽刺的目光并通通集中在我身上，让我无地自容。

祸不单行，接着上语文课，我没有做好预习，却又被严老师叫上台当小老师，结果我什么也说不出来，灰溜溜地“滚”下了台，更不敢抬头看老师和同学们了。其他同学好像全部都预习了，课堂上同学们侃侃而谈，从容不迫地回答问题的声音把我映衬得更加拘谨而狼狈，让我焦虑不安。真是“屋漏偏逢连夜雨”，课外班英语单词默写错了六个，这也是前所未有的；单簧管也吹得东倒西歪，老师“痛心疾首”地责备我浪费了一节课的时间，老师的话犹如倒了一桶冷水在我头上，那个透心凉呀。我开始怀疑自己是否还有能力继续当学霸，整个人跌入了谷底。

〔妈妈的话〕

看着孩子回家低落的神情，我知道他那骄傲的小心脏一定受到了不小的打击。在我这当妈的看来这未必是坏事。成长的道路不可能一帆风顺，孩子对周围的人和事物的态度常常是不稳定的，易受情绪等因素的影响，在碰到困难和失败时，他们往往会产生消极情绪，不能以正确的态度对待失败和挫折。同一挫折对不同的孩子产生的心理反应也不相同，我了解自家的孩子，自尊心强，好胜，爱面子，遇到挫折容易产生沮丧心理。我没有埋怨、批评他，“失败并不可怕，你只要勇敢，一定能做好的”，“从失败中吸取教训”这样的鼓励我也没说，我像平常一样对待他，同时也在静观其变。

无非如此

4月8日　星期六

今天晚上，趁妈妈下楼散步的时候，我又拿出手机开始打游戏了，游戏似乎很能驱除一切烦恼。

我偷偷打游戏好多天了，每次逮着机会就玩，游戏的名字叫《荒野行动》，讲述了远洋岛事件爆发之后，小岛遭到极端分子的洗劫，需要一批志愿者加入军事演习中，玩游戏者要训练自己并成为一名精英士兵参与战斗。于是，各种武器、各种枪战、各种路径、各种面具填充在我的大脑中，每轮不打个第一我就决不罢休。我把自己关在房间里疯打，我沉浸在打游戏的快感中，手指在屏幕上点来点去，不时在心中狂热地叫喊着：“冲啊，冲啊！”

也不知过了多久，终于玩得有点腻味了，速度慢了下来。突然，一阵按密码的声音响起了。我吓得赶紧把手机丢进被子里，随便抓起一本书看起来。妈妈打开我的房门，说：“在看书啊？”

“嗯。”我回答得有点心虚。

“你看看你，被子这么乱，我帮你叠一叠。”莫非妈妈看出了苗头。

“不要！”我的话音未落，手机已经露出来了。妈妈一惊，拿起手机，发现还滚烫滚烫的。

“充好的一百格电，被你耗到二十几格了。”她打开手机，在页面上翻了又翻，最后指着一个游戏软件问：“这是啥？”

“游……”

“这游戏你玩了几天了？”妈妈越是语气压低越是让我害怕。

“好些日子了。”

“怪不得你这段时间一直不在状态，以后手机由我保管，你自己在这反思反思！”

留下我一个人在房间里，我抱怨着自己，玩完了就该收好，怎么这么不小心。可我转念一想：要是妈妈一直都没有发现会怎样？我就会一直玩下去，各个方面都会直线下滑，由学霸变成学渣。我不是个自我管理能力比较强的人吗？怎么不知不觉就上了游戏的瘾呢？一玩上手就忘不了了，总是想玩，却又说不出哪里好玩，仔细想来，看似千奇百怪的挑战，其实万变不离其宗，我分明掉入了游戏的圈套。好和坏有时候也就一步之遥，想到这里，我不禁有点后怕。

前段时间，老师们都觉得我退步了，可他们再强大的想象力也不会猜到他们心中的学霸天天是在躲着玩电游，严老师还担心地问我是不是身体不舒服，现在想想，真有点脸红，妈妈今天算是帮了我一个大忙。

传说中奇妙的电游世界品尝过之后才发现无非如此，虚幻世界的冠军的确很诱人，但是我更希望自己用勤奋和智慧换来学霸的宝座。

明天我要恢复真身了！

〔妈妈的话〕

现在网上流行一句话：想毁掉一个孩子，只要给他一部手机。我以前觉得这句话太绝对了。我觉得我家王同学就挺自律的，也想验证一下他是否能经受住手机游戏的诱惑，于是把手机给解禁了，让他自己管理。刚开始几天还能合理使用，到了后面就失控了，开始和同学组团打游戏，成绩也明显下滑。看来小学阶段家长的管理还是非常重要的。这段放任观察期也还是有收获的：对我来说，知道了家长责任的重大；对王同学来说，品尝之后觉得无非如此，这应该是一个意外的收获。

是学霸又不是学霸，真好

4 月 14 日　星期五

也许是在我的日记里发现了泄气的苗头，也许是凭目测发现了我的迷茫，严老师在课堂上讲起了一个故事。

故事是讲一个小女孩没有自信，成天为自己的不美丽而苦恼。有一天她带了一个新发卡上学，老师说她美丽极了，于是这一天她觉得所有人的眼神都在称赞她，她想这个发卡真是太有魅力了，让她变得如此美丽。

回到家里第一件事就是去照镜子，可是头发上完全没有发卡呀，她突然想起早操的时候怕弄丢，把发卡放在文具盒里收起来了，可是为什么这一天所有人都在用赞赏的目光看着她呢？她跑去问妈妈，妈妈笑着说："宝贝，没有那么多人在意你的样子，如果你觉得和以前不一样了，那是自信带给你的，从容自信才是最好的装饰品。"

我知道严老师这个故事是讲给我听的，其实没有那么多同学注视我，在意学霸这个头衔的就是我自己。

是的，我是学霸，老师喜欢我，同学们都以我为榜样。学霸是我努力学习获得的美誉，我喜欢学霸的感觉。不可否认，这个称号给我带来很多快乐，让我有很多成就感。

但更多的时候我不是学霸，我没有资格称"霸"。仔细想想，学习上有很多和我不相上下的同学，好些同学的作文比我写得好，英语也比我更强。即使有的同学学习成绩没有我好，但他们也都有自己的特长、自己的"绝技"。

想到这里，我突然醒悟了，我发现所有的压力都是自己给自己的，甚至是自己的幻觉，让自己陷入了迷茫。我没有必要各个方面都争第一，做好自己就是第一。

是学霸又不是学霸，追求的时候学霸就是我的目标和动力，像跟胡天杨比赛奔跑那样努力去拼搏，其余的时候不要把自己当学霸，每个人都有自己可以称霸的地方，每个人都是平等的，得意的时候我要谦虚友善，失意的时候我也不必在意别人的目光，从容自信才是最好的状态。

是学霸又不是学霸，真好！

〔妈妈的话〕

你天性内向，胆小，当年是一个害怕上幼儿园的豆豆。妈妈看到你在这五年多的时间里，在这个如《窗边的小豆豆》里的巴学园一般快乐、自由的集体里，成长为一个谦虚好学、独立自信的翩翩少年，心里有说不出的开心。更让妈妈为你骄傲的是，你知道这个时期最快乐的不仅是嬉戏，你品尝到了真正的快乐是通过学习获得知识后的成就感、幸福感。

妈妈很高兴你是学霸，这证明你有强大的学习能力，学习是一个漫长的过程，希望你能持之以恒，做更好的自己。

当然更让妈妈高兴的是，你自己懂得不要被“学霸”两个字束缚，学霸只是暂时的称号，你通过自己的努力收获的知识和能力才是将来获得选择幸福生活最强大的“武器”。

刘奕策　刘奕策妈妈

启　程

8 月 19 日　星期日

昨晚，我一夜未眠。因为今天是一个令人兴奋的日子。

我一直很向往军营生活，一想到自己要成为一名“军人”，内心不禁狂喜。出发前，我已经进行了全面大收拾，行李准备妥当。此行我并不孤独，一同去的还有我的四位朋友：张怀博、王奕霖、温家睿和李奕煊。一想到和他们在一起待上一周，并且可以脱离妈妈的监管，真是令人心潮澎湃。

我们来到集合地点——珠海体育中心，只见一辆很显眼的大巴车身上写着“黄埔军校夏令营专车”，我的朋友们早已坐在车上，透过车窗对着我笑。跟爸爸妈妈拥抱道别后，我头也不回地踏上了黄埔之旅。

下马威

8 月 19 日　星期日

一下车，迎接我们的是一名军官，他身着帅气的军装，英姿飒爽，好威武！走进军校大门，映入眼帘的是两辆旧坦克，就像两头雄狮威严地耸立在石台上。继续向前走，我们又看到几台防空炮，虽然炮管已经生锈了，大炮身上到处都是划痕，但从外形上能想象得到这些大炮当年的威猛。

我们很快被统一安排在操场树荫下的小板凳就座。部队用的小板凳出奇的小啊，我这大块头的屁股只能容下一小半。坐定后，我又忍不住到处张望，一个劲地打量已经在这里训练着的小“战士”。他们着装各有不同，有穿海军衫、迷彩服的，还有穿陆军作战服的，一部分在训练军体拳，一部分在站军姿，还有一部分拿着木杆枪舞来舞去。他们有的可能已经来了一些日子了，俨然一副“老兵”模样。

突然，一声吼骂打破了我的兴致。原来，一位教官因学员军姿不标准而大发雷霆，那位学员吓得赶紧绷直身体。听到这“河东狮吼”，看到这悚人一幕，我忍不住捂住了脸，感觉有一些不好的事情要发生——

果不其然，生活教官收走了我们带在身上的钱、手机、电话手表等在他们看来无用的东西。一位瘦高的教官走来了，他大声喊：“全体队友，起立！”吓得我们手忙脚乱。

“我是你们的教官，我姓丁，以后由我带你们训练，从现在开始你们将断绝与外面的联系，每个人只是一名‘战士’，要服从部队的统一指挥和命令……”

没想到晚上竟然还有训练，教官让我们站军姿三十分钟！尽管晚上没有热辣辣的太阳，可是很多同学因为累、苦，忍不住哭起来。我记得爸爸教过我站军姿的要领，于是咬着牙挺过来了。

〔妈妈的话〕

儿子前往的夏令营是广州黄埔军校，那里有着严格的纪律和规定，学员入营后，所携带的手机、电话手表、零花钱、零食一律被收走统一保管，且未经允许不得与外界有任何联系。于是，便有了以下我每天写好但未发出的信函。

亲爱的儿子：

你好！这是你长这么大以来，妈妈第一次给你写信。今天，我和爸爸送你去坐车，路上妈妈有一肚子的话想跟你说，可是我怕一张口就会忍不住碎碎念，跑了题，便有了写信给你的想法。

都不记得何时，你的个子悄悄高过了妈妈，一个不留神，妈妈开始仰视你。可是，在妈妈眼里，你依然是长不大的孩子。妈妈很想给你一次独自锻炼的机会，这是你第一次参加在没有父母陪伴下远足的夏令营。万事开头难，当你真正跨出第一步，你会发现其实没有想象中那么可怕。没有父母的陪伴与帮助，你才能真正做自己的主人，妈妈希望你和小伙伴们互相学习，互相帮助。

自从生下妹妹，我们的小家庭更快乐也更忙碌了。这几年，爸爸妈妈很少能静下心来陪伴你一起学习，一起阅读，一起做游戏，甚至每天一起聊聊天对你来说都是一种奢望。你是一个懂事的孩子，你理解爸爸妈妈的难处，自己也在逐渐学会管理自己。这次的夏令营是一个锻炼自己的机会，你肯定会有很多意想不到的困难，妈妈希望你能够勇敢地去面对！

加油，儿子！

苦

8月20日 星期一

“立正！”

“齐步走！”

“全体都有——向右转——向左转——”

“两脚尖分开约六十度，两腿挺直夹紧，双臂下垂——”

一大早，丁教官把我们集合在一起，按照部队的规定动作开始严格训练我们。

在太阳底下训练，可就不那么有趣了。火辣辣的太阳下挺胸抬头，要做到在原地纹丝不动地站军姿真的好难。大颗大颗的汗从身体上流下来，我觉得很痒，贴在裤缝上的手却不得有半点晃动，不然五十个俯卧撑“大礼包”就送来了。

我的汗顺着脸颊往下滴，有几颗还挂在了眼皮上，后背的汗像无数只蚂蚁慢慢往下爬，好痒啊。我趁教官不注意，拼命眨几下眼睛，又扭了两下腰，好让后背的汗快点流下来。我还顺便挠了下双腿，万幸，没有被发现！

有几个战友因小动作已经被勒令做俯卧撑了，他们个个都累得龇牙咧嘴的，看得我们心惊胆战，心都要提到嗓子眼了。站了很久的军姿，可“冷酷”的丁教官依然不让我们休息。很快，大家的手已经忍不住了，开始在身上抠来抠去，但丁教官有一双独特的“鹰眼”，只一小会儿，好些“骚动”的战友就被他从队伍里揪了出来。

时间一分一秒地过去了，我双肩酸痛、双腿麻木、两眼冒金星，衣服也彻底湿透了。就在快站不住的时候，教官终于一声令下，休息的时刻到了，我一屁股坐在了地上，大口大口喘起了粗气……

〔妈妈的话〕

亲爱的儿子：

你知道吗？昨天，妈妈度过了一个紧张、难熬、激动的夜晚。

按照和教官约定好的惯例，他们每天晚上八点半会把你们的活动照片发到夏令营微信群里，可是不知何故，教官们“爽约”了，让我们这些翘首企盼的妈妈们心碎了一地，要知道我们多么希望见到孩子们第一天的活动啊！

好在你老妈有“侦察”经验，我在微信群、朋友圈仔细筛查，“留痕”终于被我找到了，哈哈！某教官凌晨一点多巡查宿舍，把随手拍的睡相发到了他的朋友圈，其中就有你——我亲爱的儿子。只见憨态可掬的你，如在家中一般，用冷气毯把自己的身体裹了个严实，睡觉还是喜欢歪着头、仰面平躺的姿势，脸上还有点婴儿肥，肉嘟嘟的模样可爱极了。

看着你酣睡的样子，妈妈也放心了。

漫长的一天

8 月 21 日　星期二

今年，我穿的内裤一直是红色的，之所以穿红内裤，是因为今年是我的本命年，穿红内裤代表着吉祥如意，可以顺顺当当地过完这一年，这是妈妈的心愿。

早上训练时，丁教官训练大家扎马步，我拉开架势用力半蹲下，“刺——”一声，坏了，我的军裤爆开裆了！

“哈哈哈哈哈！”大家见状都乐了。我立即用双腿用力夹紧开裆部位，以免被大家看见红内裤。

教官也忍不住笑了起来，不过他为了安慰我，调侃式地告诉我，开裆凉快！可……可是我还怎么训练啊！正在这时，教官接到命令，要带我们去参观科学馆，这下终于可以缓解一下尴尬气氛了。

不让换裤子，又不想露内裤，我只好夹腿走，非常不舒服，可是也没别的办法。

很快，我们乘车来到了广州科学馆，因为大家统一穿军装，非常引人注目，不一会儿，许多来参观的人们纷纷拿起手机给我们拍照。教官让我们整齐地走进科学馆大厅，就在这时候，我的两条大腿内侧突然疼痛不已，应该是夹腿走路把大腿内侧磨得太久了，受伤了。

当我好不容易找到落脚的地儿想放松放松，却发现一位大人在我后面捂着嘴笑得正欢。准是我这破了的裤子被他看见了，我只好将双腿夹得更紧。

离开了科学馆，在回营的路上，队伍中因有人乱说话，教官一生气，让我们鸭子步走回去。这下可好，我的裤子破得越来越厉害了。而我的两条大腿内侧也越来越疼，甚至有一点流了血后黏黏的感觉。

终于忍到了上床睡觉时间，这时我才发现，两大腿根间已经磨破皮了，留下了一些血印子。

〔妈妈的话〕

亲爱的儿子：

晚餐我们吃的是奶奶做的糖醋小排，妹妹说这是哥哥最爱吃的菜，奶奶则直言我们品着好吃的饭菜，自己的孙子却在军校那厢“受苦挨饿”，我和你爸爸听了哭笑不得。

你一直很向往军校的生活，很憧憬自己长大后成为一名军人，军校有一句格言：“合理的是训练，不合理的是磨练。”它的意思是，世间没有绝对的公平与合理，能力的锻炼和培养是在合理的要求中提升的，成功的愉悦是在不合理的要求中磨练出来的。要成为一名有素养、有战斗力的军人，没有坚强的意志和勤奋的努力是永远做不到的。

像往常一样，妈妈守着夏令营八点三十分的微信群，只见群里接二连三的视频发来，我第一时间就看到了你的动态视频。原来这是新兵连的晚间小活动，新兵以自告奋勇的方式站出来发言。今晚的你那么从容淡定、阳光自信，你讲述了和我们之间的生活小争执，虽然是简单的三言两语，但你声音洪亮、落落大方、谦虚坦诚，完全没有了平日里的腼腆、胆怯，我都要对你刮目相看了。

可是，妈妈发现了你与他人的不同之处：为何你没有继续穿军裤呢？可曾发生了什么事儿呢？

想　家

8月22日　星期三

我一觉醒来，发现宿舍里只有我在睡觉了。

“怀博，几点了？”

“五点四十七分。”

“这么早，我还想睡！”

“你个逗货，就知道睡！”李奕煊笑道。

这么早，我真的不想起床，我还要睡。无意中，我触碰了一下大腿内侧，硬邦邦的。细看，原来伤口结痂了，我忍不住又摸了一下，结痂的硬皮一下子掉落在手上，真疼啊，这下睡意全无了，要是妈妈在身边多好啊，她会第一时间帮我清理伤口上药的。

昨晚做梦，梦到爸爸妈妈还有妹妹，他们来接我回家，我们全家围坐在一起开心地吃饭，妈妈还是老样子，问长问短地跟我啰唆个不停。爸爸妈妈，我好想你们啊，我的心一紧，眼泪差点要掉下来了，赶紧背过身去，生怕小伙伴们看见我难受的样子。

一个上午，我整个人魂不守舍的，哪怕是训练我喜欢的军体拳都心不在焉。

午饭后，教官意味深长地说：“今天是给家人打电话的日子，大家排队轮流打电话，每人限时三分钟！”听到这个消息，全体激动得跳了起来，终于可以跟亲人联系了！

不过大家很快又笑不出来了，音响喇叭正放着一曲凄凉悲伤的歌，听着歌声，让人有一种想哭的冲动。一个个打完电话的战友，无一不暗自垂泪，我的好朋友温家睿已经泣不成声了。

终于轮到我了，我拿起手机，颤抖着拨出早已熟悉的妈妈的号码。在接通的那一瞬间，我哭了，低声抽泣着，只听着手机里传来妈妈慈爱的声音，妈妈不停地跟我说话，我知道她肯定很迫切地想知道我的一切。妈妈说她可以每天在微信群里看到我们的一些照片，细心的妈妈发现我没有穿军裤，我跟她说了裤子坏掉的囧事，忍不住又开始抽噎。妈妈一直在安慰、鼓励我，她让我放心大胆地穿便服，告诉我在她心里我是最棒的兵。

放下电话，我平复了心情，不再哭泣。

〔妈妈的话〕

亲爱的儿子：

上午，我一直攥着手机，因为教官昨晚告诉我们，今天是小兵们和家人打电话的日子，妈妈生怕不小心错过这么宝贵的通话机会，所以比往常任何时候都更留意手机来电。

可是越是期盼，越是没有任何动静，难道又有变故？妈妈开始胡思乱想，一个上午都没心思上班。终于到了中午，我不经意地接了一个陌生电话。“喂，妈妈，是我！”是的，没错，是你的声音！刚一张口，那头的你已泪下。

你告诉我一切都还好，饭吃得饱，觉睡得着，小伙伴们互相鼓励，互相帮助，都很好。我知道你一直以来都喜欢报喜不报忧，但我还是忍不住问到你的军裤，你难过地告诉我因为裤子开裆坏掉了，所以被允许着便服。

傻孩子，妈妈是最懂你的人，你的难过并不仅仅因为裤子坏了，更因为你想和别人一样，着那一身骄傲的海军蓝，以威严的仪容展示自己的风采。妈妈想告诉你，是否着军服不重要，重要的是在于你的内心是否有一颗坚强、奋进的心。坚忍不服输，勇敢肯吃苦，这才是真正的军人，妈妈相信你一定能做到！

乐

8 月 23 日　星期四

到了第五天，我们已经适应军校的训练节奏，觉得训练不那么苦和累了，丁教官也不再天天板着脸“咆哮”，开始带我们开展各类活动。

早饭后，丁教官带我们唱着军歌来到山上，待我们坐定后，他让各排的排头兵站出来后便宣布比赛要求。

“35连的战友们，这里就是战场，战斗即将开始，各排排头兵已冲上了前线，你们是后勤补给部队，前方需要什么物资，你们必须马上运送，否则……”

我是四排的排头兵，我赶紧向四排的战友喊道："你们一定快点啊，准备好袜子，万一派上用场呢！"

我们四排由周远闻运送物资。随着教官下达的命令——"前方打仗，后方支援，前方战士需要两顶帽子！"周远闻飞速地扯下他和另一名战友的帽子，送到我手上。"好！四排最快！"耶，一片欢呼声！

"前方打仗，后方支援，前线战士要——袜子！"丁教官继续下达命令。周远闻迅速取来温家睿早已脱下的袜子运送到我手里。

"啊！怎么又是四排最快？！"

"三排怎么还没运来？"生活教官急得眼睛眯成了一条线。

丁教官看了看生活教官，狡黠一笑，说："接下来，我们要……要……要生活教官的汗毛！"生活教官一听，吓得拔腿往山上跑，后面跟着穷追不舍的"运输兵"，此时此刻，生活教官心里一定"恨"透了丁教官。

上午的训练在一片欢声笑语中结束了。怀博笑嘻嘻地抱着一瓶饮料回到宿舍，原来他和丁教官玩石头剪刀布赌输赢，居然赢了教官一瓶饮料，我们盯着饮料直眼馋，最后怀博以一种独特的方法来分享：每人一口，轮流喝……

〔妈妈的话〕

亲爱的儿子：

见"图"如面。教官发送了几张你们在山上的活动照片，有严肃和紧张，更有活泼和欢乐，妈妈见此便开始天马行空地想象你们的"小世界"。尤其是你们的丁教官，难得一见的满脸笑容，难道他已被你们"拿下"？这几天的朝夕相处，想必你们和教官已经打成一片。部队的师生情似学校，又不同于学校。

我记得你回来说过，你们班正在实践的兴发教育特别推行文武并重，要求你们都成为文武双全的学生。

那些时而英姿飒爽时而随和可爱的教官们，那些和蔼亲切、体贴尽心的班导们，那些同吃同睡同训练、同甘共苦中建立起了战友情的同学们，因为他们，你的生活里有了不一样的故事。

特殊的结营仪式

8 月 24 日　星期五

分别的日子到了。

今天，将有一个特殊的亲子仪式作为结营活动在礼堂举行。自上次和妈妈通过电话后，我们再也没有联系过，不知道爸爸妈妈今天能不能来接我。

我们在操场开始集合。这时，已经有家长陆陆续续走进礼堂。等所有家长入座后，仪式开始了。我早就看到妈妈了，于是快步走到她身边。

“笔直的腰身，挺起的胸膛，炯炯的眼神！哇，儿子，你帅了！”妈妈夸得我都不好意思了。

在结营活动的亲子仪式上，我第一次认真地端详妈妈的脸，只见她两鬓已泛白，脸上多了皱纹和斑点。妈妈，你何时变老了啊？我默默地低下头不语。

回想着妈妈对我的爱，我那不争气的眼泪夺眶而出。等我起身时，我发现妈妈已是泪流满面，我在她耳边轻轻地说：“妈妈，我爱你！”妈妈紧紧抱住了我，久久没有松开……

〔妈妈的话〕

亲爱的儿子：

今天，妹妹起得比往常都要早，她昨晚知道要去接哥哥，一直兴奋得睡不着觉，一大早醒来，便吵着要出发。

你爸爸是个不苟言笑的人，很少表达自己的感情，前往军校的路途并不遥远，但路上他执意在一个服务区稍作停留，下车后他直奔服务区的超市，买回一些你喜欢的零食。这些天，你爸爸更沉默了，我知道他嘴上不说，其实心里非常惦记你。相比妈妈，爸爸无声的爱，更显静默、深沉而坚定。

经过军校操场的时候，一群小兵正在集合整队。我和爸爸迅速地扫视人群，终于在队伍的最后一列发现了你的背影。远远望去，你瘦了、黑了，你的衣服早已被汗浸湿。你的背影，如一名军人那样挺拔英俊。

礼堂大屏幕上播放着你们夏令营生活的每一幕场景，从你们第一天带着懵懂走进军营，一直到今天展示在你们每个人脸上自信而灿烂的笑容。

当我转过身向门口张望时，教官正带着你们走进来。你快步走到我身边，低语叫了我一声。有多久我没有这么仔细看看你了，你脸上已经被晒得几乎裂开的皮肤，你浑身散发着的昂扬的军人气息，让妈妈心疼又欣慰。

自从生了妹妹，这三年多我陪伴你的时间真的少之又少，你帮妈妈分担了那么多，却那么虔诚地向妈妈表达感激。

感谢军营的生活让你蜕变和成长。孩子，未来的路还很长，也许会有鲜花和掌声，也许会遭遇失败和挫折，请让妈妈继续参与你的成长，妈妈要做你最亲密、最信任的朋友，和你一起微笑着并肩前行！

我与世界

刘炫宏　刘炫宏妈妈

滴自己的汗，吃自己的饭

10 月 7 日　星期六

今天是个阳光明媚的日子，我们“户外小分队”一起向人禾农场出发。

到了农场，第一个活动是“丛林寻宝”——寻找鸡蛋。这可难不倒我，因为我来过一次，鸡蛋通常被农场主藏在树上、草里、沟里……我装成侦探的样子，信心十足地朝“老地方”开始搜寻。

不远处，娄馨雨骄傲地喊着：“刘炫宏，我找到两个了，一个在树架上，一个在鸟巢里。”我不由得惊讶起来，才开始一小会儿，她竟然就找到两个鸡蛋了，而且都在我意料之外的地方，难道农场主又换新套路了？

二十分钟之后，比赛结束。我和队友们回到了场地外，大家开始数鸡蛋，没一会儿“拍卖会”便开始了。

“我捡了 5 个！”“我捡了 6 个！”“7 个！”

正有人说到 8 个的时候，我忍不住了，亮出嗓子喊道：“10 个。”农场主正要宣布 10 个第三次的时候，娄馨雨不急不慢地说：“11 个。”

我不想输，立刻提出：“我再帮你数数看，1 个、2 个……不是 11 个，而是——啊，12 个。”

大家都笑了！

第二个活动是“煮煲仔饭”。我们来到了一块空地上，开始搬砖，摆成一个灶台形状，易添、蒋静怡几个同学还玩起了钻木取火呢！很快，十几个小灶台排成一条长龙，家长和同学们搬来小凳子坐在长龙边，一眼望去，就像一条热闹的美食大排档。

大家把四处寻来的枯枝点着，将米和水放入锅中，十几分钟后米饭快熟了，我们将在丛林中找到的“宝贝”——新鲜鸡蛋放进去，再将青菜放入。男生纷纷脱下上衣当作扇子，使劲地扇风。顿时小火苗蹿得一尺多高，同学们见状，扇得更卖力了，汗珠大颗大颗地滴下来。

终于闻到诱人的香味，煲仔饭成功出锅，打开锅盖的那一刻，我们都把脖子伸得长长的，大口大口地吮吸着与我们平时家里闻到的厨房飘出的完全不一样的香味，这里面有大自然的味道，有柴火的味道，还有陶行知爷爷告诉我们的“滴自己的汗，吃自己的饭，自己的事情自己干”那种劳动后幸福的味道……

〔**妈妈的话**〕

小时候，自然就在家门口。现在，自然离城市里的孩子远了，不再是家门口的景致。

自从“户外小分队”组建之后，每到周末，我们都会带着孩子远行，走上五六千米或者更远，去亲近自然。我们与孩子们自由散漫于田埂间，置身于林间绿植中，呼吸着饱含负离子的新鲜空气，在大自然里享受美好的亲子时光。

接下来要去的是南澳农场，因为之前没有去过，我特地提前去探一下点。

走过一段乡间小道之后就到了农场，整个小村庄很开阔，清澈的小河边是一片金黄色的稻田，两岸红红的桃花开得正艳，远远的河面上游着一排小鸭子……多美的画面呀。要是一直陪伴着孩子成长的老师们也一起到来，那该多好呀。我在微信群跟大家说了这个想法，妈妈们马上回应：好呀，太好了，我们邀请老师一起来吧！

小分队变成了小部队

11 月 5 日 星期日

今天天气分外好，我们来到了南澳农场，这一次更多同学加入我们户外亲子活动队伍中来了，小分队变成了小部队。我们最爱的杏子老师、庄庄老师也接受我们的邀请一起来了，好开心呀!

听妈妈说今天的户外午餐是爸爸妈妈们自助厨艺大比赛，午餐的食材需要我们这些小伙伴去找寻。

来到小河边，大家分组上了船。爸爸们驾着小船往前划去，河水清凌，桃花娇艳，美不胜收。我们开始寻找食材——野生大河虾。

“虾呢？”同学们喊叫着。不久，有人发现远方浅水处有一些波纹。

“看那儿，看那儿，是不是在那儿呢？”我们赶紧喊爸爸们往岸边划去。到岸后，同学们先后下了船，有的拿起工具往水里捞大河虾，有的卷起衣袖在水里拎大河虾的胡须，你看，蒋静怡正提着两只大河虾的胡须高兴地大喊：“我抓到了，我抓到了！”

接着大家开始徒手抓鱼活动，同学们纷纷下了水。正当刘奕策下水时，一条肥嘟嘟的大鱼游了过来，一旁的周裕烽看到后大喊：“刘奕策，你正前方有条肥鱼，快抓住它。”刘奕策瞬间回过神，那条鱼已经直冲过来了，只见刘奕策身手敏捷地弯下身，双手紧紧地抓住鱼的腹鳍，这条鱼真肥大，壮实的刘奕策一个踉跄，差点滑倒，他努力站稳后把鱼举了起来，引来同学们大声欢呼。

“站住，别跑，你已经被我们包围了，赶快投降吧。”池塘边的草地上同学们正在进行抓土鸡活动，梁珏希和黄明月正一左一右包围着一只土鸡，想捉住它又不敢，刘奕松冲了过去，说：“让开，让我来。”呀的一声，刘奕松一不小心四脚朝天地摔在草地上，大家看见，都笑了，赶紧去把他拉起来。当大家回过神来，土鸡早已不见了踪影。大家又笑着追赶土鸡去了……

看！饱满的稻穗低着头，把稻秆都压弯了。杏子老师、庄庄老师拉着一群同学往稻田方向奔跑而去，他们的身影嵌在一片片金灿灿的稻田中，犹如一幅大师的油画作品。

听！大家的欢笑声伴随着辛勤劳作的农民伯伯的希望传得好远好远！

〔妈妈的话〕

今天我和宏仔探寻到了一处宝地——尚古养生园，它犹如一个隐世秘境，藏匿于深山中，尚未被人熟知。这里依山傍水，环境优美，空气清新，放眼望去到处是一片绿色。我们当即决定，这里就是我们下一次户外活动的地方。

深山中的中药谷

11 月 18 日 星期六

三灶茅田山尚古养生园是个中药谷。这次重要的采摘活动来了个大部队，老师、家长、同学加起来足足有一白人。

我们来到一个小园子，这里就是培植了近两百种岭南中草药的神农圃中草药园。我们跟随着中医伯伯，分别认识了健脾化湿、行气化痰、舒筋活络的五指毛桃，破瘀通经、止血消肿、消食化积的九里光，清热解毒、避疫杀虫的板蓝根，还有挂在树干上的蝉蜕、补气的土人参，以及以前叫不出名的龙葵、鸭跖草、海金沙、溪黄草……

中医伯伯摘下一棵中草药的叶子，让我们放到嘴里尝一尝，问道：“同学们，尝出来了吗？是什么味道呀？”同学们细尝品味说：“甜，好甜！”“尝完后嘴里还一直甜丝丝的呢！”原来这就是具有生津止渴、降血压之功效的甜叶菊。

接着我们还认识了苦到极致的穿心莲、又甜又辣的肉桂、又酸又咸的盐桑树。

我们又尝了另外一种中草药叶子，刚尝一口，感觉到了一点微辛，再尝第二口时，嘴里就多了一丝凉凉的、甜润的感觉，原来这就是发汗解热、疏肝理气、舒缓止痒的薄荷。

中医伯伯还教我们摘下叶子揉搓一下，再搓在脚上和手臂上，这样现学现用，就可以防止山上的蚊虫叮咬。

同学们时而闻一闻，时而尝一尝，时而好奇，时而惊讶，有的摘下一部分中草药叶子做标本，说是回家可以做研究报告；有的采摘了生津益胃、润肺益肾、明目强腰的铁皮石斛，说带回去好好照顾，或许还能开出好看的石斛花呢……

离开中草药园，沿着幽曲小径前行，两旁树木葱郁，满眼绿色，伴着鸟儿清脆悦耳的叫声，我们登上了山顶。这里有一棵百年大榕树，大榕树强壮而有力的树干、盘虬卧龙般的树根，还有像胡子一样的须根垂在粗大的树干上，就像一把擎天巨伞，独木成林，遮住了一大片天地。

榕树前的大石头上刻着“天、地、人”三个大字，我们不约而同地念道：天、地、人、和。

〔妈妈的话〕

在户外，远离了电子产品的纷扰和汽笛的喧嚣，孩子们被自然界的一事一物吸引着，树枝、石头、泥巴、药材……每一件简单的自然之物都成了他们最好的玩具。他们在原野中撒野，在土地上奔跑，在奇花异草间流连……这一切的一切，都是孩子们最天然的学习课堂。

快乐的笑声、好奇的眼神、兴奋的讨论、默契的合作……我仿佛看到了当年的我们曾经拥有过的那份纯真、勇敢和自信，看到了“自己动手，丰衣足食”的那些人、那些时光。

一切都变得美好。

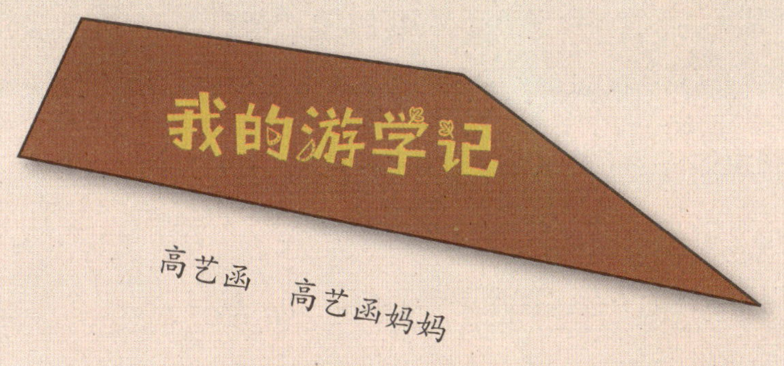

（一）2018年（夏季）菲律宾游学记

（1）初见菲律宾

7月28日　星期六

又到游学季，这次的目的地是菲律宾。

当飞机还在高空中飞行的时候，我就计划着在快落地时一定要俯瞰菲律宾的地貌。咚的一声，飞机落地了，我这时才醒来，想俯瞰菲律宾地貌的念想随之成为泡影。

当我刚刚踏进这个国家就感受到了这片土地的天气极不稳定，阳光烘烤着大地，附近很多片黑沉沉的积雨云与刺眼的阳光形成了鲜明的对比。果不其然，我们上车后不一会儿，就下起了倾盆大雨。

没想到菲律宾的交通乱得像一团麻，各种摩托车、载客的嘟嘟车穿梭在汽车之间，各种车辆拥挤在一起。我们走一路堵一路，坐车的时间似乎比坐飞机的时间还要长。这里很少有红绿灯，没穿制服的警察同时管制着多个路口。要是偶尔有一个红绿灯，等待的时间都在两百多秒。接我们的司机显然已经习惯了这种情形，不顾外面喧闹，放着流行英文歌曲平静地开车。

随着车流，车左挤右挤终于开进了一条小巷，那里就是我们的学校。管理人员热情地把我们带到了宿舍。

一进门，妈妈故作惊讶："这里的床还真舒服，环境也不错，出乎我的意料。”她原来的计划就是带我到这里来受苦的，来冒险的。

马桶的水压不够，房间没有电视机，空调发出的噪音无比大，窗外的鸡不分公母全都会打鸣。可笑的是，它们发出的打鸣声音还切分音符，细听起来十分可笑。

明天就要开启一天七节课的节奏，我需要好好休息一下。

（2）上课

7月30日 星期一

听，说，读，写，一天七节英语课的高强节奏，压得我几乎喘不过气来。

在天台上吃过早餐，我便去上最喜欢的第一节课——语法集体课。课堂上，老师很幽默，他会问我们很多搞笑而又轻松的问题。这节课的第一个问题是：你最想去哪个国家？

“Argentina！”我抢先回答。

坐在我旁边的武汉学霸王立善紧跟着：“Brazil！”

不用说，我俩都是球迷。

大家七嘴八舌回答着老师的问题，这节课不知不觉就过去了。

接下来是我最不喜欢的单词课，听着老师嘴里不断蹦出来的英语单词，我云里雾里，头大了一圈。尽管我使出全身功夫，但还是应验了那句古话：“书到用时方恨少，事非经过不知难。”

第三节口语课，第四节阅读课，第五节阅读课，这几节都是一对一小课。上课的时候，老师们都会分别向我请教中文，听我介绍中国。从与他们的交谈中得知，菲律宾老师不懂微信、电子银行、共享单车、外卖，更不知道磁悬浮。看着他们惊讶得张大嘴巴的样子，我说话间头不自觉地扬得更高了。

这里没有午休时间，吃完午饭就要去上第六节、第七节集体课了。这两节课老师有规定，学生之间不允许讲母语。班里算上我一共有四个年龄相仿的中国学生。不允许讲中文，可想而知，同学们的眼睛和肢体表情就更丰富了。当有人痛快喷出一句中文时，另外三个就会用英文大喊："You speak Chinese！"然后就哄堂大笑一番。

当第七节课结束的时候，我们都累得趴下了。

幸好，结束了一天紧张的课程后，我最喜爱的奥数网课马上就开讲了！

〔妈妈的话〕

简陋的学生宿舍，单调的饮食，忽冷忽热的天气，紧张的课程，这一切和我预计的差不太多。

现在是下午五点，上完了一天七节课的你坐在我正前方，背对着我正在目不转睛地盯着Ipad，手上拿着一支铅笔屏息凝神地上着你的奥数网课，窗外的公鸡母鸡们依旧不辞辛苦地唱和着浑浊的旋律，不小的雨点被风推着不停地敲打着窗户。

这次菲律宾游学是你小学五年中第四次游学经历。美国洛杉矶小学、武汉小学、板桥镇希望小学，到今天的菲律宾IMS学校，你游学的线程还真不短。

这些年来，你的游学时间自由地追逐着春夏秋冬四个季节进行，每次游学期间落下的功课也丝毫没有影响到你的学习成绩。记得你从美国游学回来后，期末三科成绩还战胜了旺仔。游学路上，你见识了更多彩的世界，听到了更多大自然的声音。无论时间、地点、文化、饮食如何转换，你都能无缝对接。

这次菲律宾游学之旅条件比较艰苦，面对着简陋的生活条件和高压的学习环境，你面临着从未有过的挑战，但我预感你是有能力坚持下去的。这次游学的主题不是课本知识，而是踏踏实实地去体验什么叫忍、什么叫坚持！

妈妈继续看好你。

（二）2017 年（春季）板桥镇希望小学游学记

（1）游和玩

4 月 23 日 星期日

新学期的游学生活又开始了，妈妈想的一定是那些“读万卷书，行万里路”之类的大道理，可我一门心思都在玩上。

这次我游学的地点是鄂西的一所希望小学。学校离市区 70 千米，路程不远，但山高水险。公路的一边就是悬崖，深不见底。车行走在盘山公路上，我和爸爸都很淡定，只有妈妈一路上不敢睁开眼睛。

傍晚时分，我们到达了村民家的寄住地，房子在海拔 1500 米的山顶上。这里的星星离我太近了，感觉伸手就可以摸到它们。

（2）上学第一天

4 月 24 日 星期一

今天是上学第一天，天刚刚亮，我没了平日里的磨蹭，很快穿好了衣服。还没走到楼梯口，一阵叽叽喳喳的声音从楼下传上来，我正纳闷儿，只见高矮不同的十几个小朋友的身影穿梭在一楼的客厅里。

原来，在我还没来之前他们就听说了有个城里的孩子要来他们学校上学，他们是来陪我一起上学的。他们看见我，眼睛里都闪着十分好奇而友善的目光。吃完早饭，我们十几个人就叽叽喳喳出发了。

上学的路真远啊！需要从山顶走到山脚。上学的路真险啊！怪石林立，突兀森郁，只要稍不小心，就会从坎上摔下去。上学的路真秀啊！山花烂漫，层林叠翠，好似进入了仙境。

要说最有趣的事，当然是采摘各种各样的山花了。一路上有色彩明丽的鬼脸花、雪白的蒲公英、金黄的油菜花。其中最梦幻的，是雪白的蒲公英。把蒲公英向着风儿，白色的絮就随风飞舞，就像天上飘下来的雪，飘下山去。

妈妈说：“春天的山村就是一部词典，你可以用身心体会一下书本里的那些字词。”

呼吸着山村新鲜的空气，我体会到了什么是山花烂漫、绿树成荫、郁郁葱葱、层林叠翠、五彩斑斓……我还体会到了“绿遍山原白满川，子规声里雨如烟”。

上学的第一天，映入眼帘的山村春色让我体验到了前所未有的兴奋和新鲜。

（3） 上学路上

4 月 28 日 星期五

我们寄住在山顶，可学校却在山脚，每天上学路上往返需要两个小时。妈妈的日记里描写的是：“那是一条泥巴、岩石、杂草相间的险峻山路，与其说是路，不如说是孩子们在大山中踩出来的一条缝隙。最让我心悸的是，一路上要穿过好几处坟地。”

天刚刚亮，我就和小伙伴们出发了。今天的天阴沉沉的，后来就噼里啪啦下起了雨。妈妈说春雨贵如油，但雨水把山路弄得泥泞不堪，导致行路艰难。我撑着雨伞，小心地跟在队伍中间。

我低着头，十分小心地争取每一步都能踩在草地上，要是踩在光滑的石头上，脚上的泥巴就像一层油一般让人站立不稳。走着走着，突然前面的路好像全是石头，我的一只脚悬在半空中，不知往哪儿放。

“小心！”一位女生迅速抓住了我的手。

还是她，这些天上学的路上，她都默默跟在我身后，不怎么说话，但眼睛里总是流露出关心他人的神情。要不是她及时扶我一把，估计我一定摔得很难看。我心里默默地感谢着她。当我对她说谢谢时，她羞涩地挥挥手：“不用谢，老师说过要乐于助人。”

和他们一起上学的路上，天天都充满了温暖。

（4）再见，希望小学！

4 月 29 日 星期六

今天是我在希望小学上学的最后一天。

一提起希望小学，可能很多人和我的想法一样，就会想到地处偏远，条件很艰苦。这所希望小学地处的确比较偏远，坐落在湖北鄂西山区，学校四面环山，周边还有很多小溪，可用简单的四个字形容：山清水秀！但来到学校一看，这所希望小学的硬件条件一点不比我们珠海的学校差。

说起这里的教学水平，那一定是赶不上我们珠海了。学校每个年级只有一个班，我们班只有 9 个学生（算上我）。语文老师的普通话很不标准，把“范成大”读成“换成大”，我几次都差点笑出声来。但看着同学们认真的模样，我都强行“咽”下去了。学校里的孩子也没有上过音乐课，我妈妈作为一个老牌音乐老师，还给全校上了一堂音乐课呢。

今天下午上完最后一节课，妈妈带着我和每个老师、每个同学合影留念。每个同学都给我写了分别留言，读着他们淳朴的留言，看着他们清纯的笑脸，我十分不舍地和老师、同学一一道别。心里暗暗想，我一定还会回到这里的，等我长大了，学业有成了，我再回来教这里的孩子们英语，给他们读最标准的英式英语，给他们上音乐课，让他们也知道贝多芬，知道肖邦……

再见了，希望小学！再见了，我的同学们！

（三）2016 年（冬季）美国游学两三事

（1）国歌

1 月 4 日 星期一

上学第一天，我被一位女老师带进教室。一走进教室，我顿时感到“鹤立鸡群”，我的身高超过了班上所有同学，谁说中国人体质不如外国人？瞧我这个中国人就把这些美国人比下去了。

我四处观察着，慢慢走到教室的一个角落，这里摆放着一张桌子，桌子上面插了好多国家的国旗，五颜六色的国旗还真不少。我一眼就找到了那面鲜艳的五星红旗，正想研究一下我们国旗摆放的位置是否占优势，耳边却传来了一阵歌声，我被老师牵着进入歌唱队伍。原来每天上课前还要唱美国国歌，我是一个爱国的中国孩子，为什么要唱美国国歌呢？看见大家肃穆庄严地唱着，老师的一双眼睛看着我，怎么办？我灵机一动，学着他们的样子把右手放在胸前，嘴里也唱起了美国国歌的旋律，但是我把歌词里的 America（美国）全部改成了 China（中国），前面歌词里所有的荣耀就都归我们中国所有了。

为此，我暗自得意了好长时间呢！

（2）解剖猪心脏

1 月 12 日　星期二

昨天放学，老师给我一张签名表让妈妈签字：是否同意你的孩子在校上动物解剖课？好在妈妈昨天没看懂表中的具体内容，给我签字了，不然今天我就不能参加这节离奇的解剖课了。

果然，今天上午老师搬来了一个大盒子，我们凑过去一看，还真是一个猪的心脏。猪心脏大约长二十厘米，上方有三条血管。接着，老师给我们每个同学发了一张有关猪心脏构造的说明表，并说明了猪心脏工作的原理。老师还让几个胆子大的同学戴着手套去触摸猪心脏，当然我也算胆子大的同学之一。

我戴着手套走到了桌子旁边，先是用食指点点猪心脏的中间部位，猪心脏颤动了一下，然后我又用手掌大面积地摸了一下，哇，好光滑！胆小的同学看着我不停地摸来摸去，嘴里不停地："My God！"回头一看，好像只有我一个女生上来了。我心中一阵骄傲，因为我不光是女生，还是一个来自中国的女生。

不知道明天还会不会有什么新奇的我在国内没上过的课程呢？

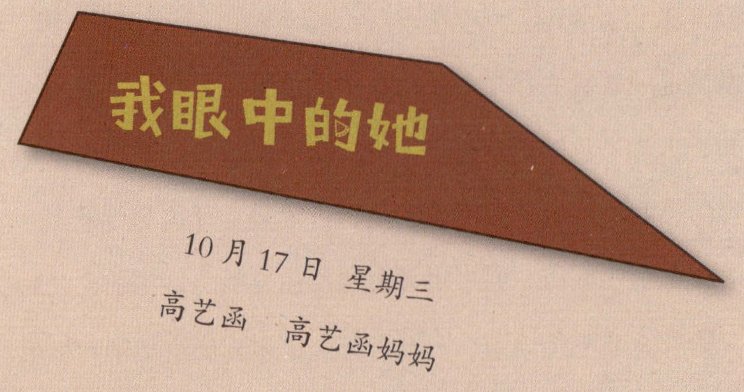

妈妈变了（密）

我的妈妈之前是一个聪明的、善解人意的妈妈，但现在，她变了！

就在今天，就因一个电话，她让我饿到了现在。

平日里每天下午放学后，细心的妈妈都会给我买好茶点送去我写作业的地方，今天就因我和她通电话时大声说了一句“你打电话干吗？”，她就生气地不送下午茶了。

待会我写完作业回家，她一定还会让我先练琴，一定还会说一大堆的套话。说实在话，她的套话说完第一句我就能想到第二句，也不知道她什么时候能说点让我感到新鲜的词句。

“孩子才是世界上最爱你的人！”这句话，我已经给她说了很多遍了，但她却“熟听无闻”。每次我和她之间发生“战争”时，我都毫不犹豫地选择了退让！

在你不开心的时候，是谁给你安慰？在你遇到困难的时候，是谁给你帮助？在你走错路的时候，是谁帮你走出困境？在你对数字一筹莫展的时候，又是谁为你指点迷津？是你的女儿呀！永远记住：孩子才是世界上最爱你的人！

豆豆变了（妈妈接）

我的宝贝之前是一个聪明的、乖巧懂事的豆豆，但现在，她变了！

就在今天，我和她通电话时，她很不礼貌，竟然让我一时没有反应过来。

今天放学，我的想法是希望宝贝能抓紧时间完成今天的学习任务，晚上说不定还可以和爸爸去散散步，于是按习惯来安排她的学习时间。

但电话那端传来一声勇敢的、自信的、不容商量的“不”！

这一声“不”，让我一惊，这一声洪亮的声音宣告宝贝已经有了独立思想；这一声“不”，很肯定地提醒我要开始调整心态，做好准备迎接宝贝青春期的来临。

宝贝变了，变得让我又惊又喜。我的更年期恰遇宝贝的青春期，“两期”不期而遇会演绎出什么样的故事呢？

另外，宝贝，就你前一篇日记内容，我简单地做一下回复：

1. 你是一个有梦想的孩子。关于梦想，妈妈和你从未有过正式的交流。那么，今天借你的地盘表明一下我的态度：你具备一切实现你梦想的能力，只是有一点可能会成为你实现梦想路上的绊脚石。而这一点很想和你成为好朋友，但你一直拒绝它。它伤心地、默默地伴你左右，它一直锲而不舍地等着你，而你却很少看它一眼，时而抛弃它，时而忘却它。它，就是时间！

2. 谢谢你这么多年来对我的帮助。特别在我面对数学题迷茫之时，一直都是你在我身旁为我解惑答疑。

3. 谢谢你平日里对我的包容。在我生气或是着急之时，是你幽默的语言让我怒极反笑，豁然顿悟。

4. 你总是批评妈妈为什么推迟了四十年才开始进入“叛逆期”，我常常埋怨你为什么提前了四十年进入“更年期”，但愿我的推迟和你的提前都是泡沫，可以一触即破。

5. 妈妈坚信：你就是世界上最爱我的那个人！

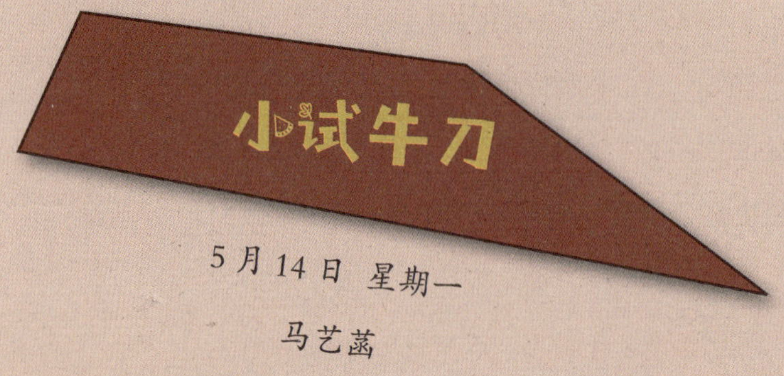

小试牛刀

5月14日 星期一

马艺菡

几天前，途经文具店时，我被一个本子迷住了，用我们班学霸的话来说就是，它像本子又不像本子。它浮雕般的封面，凹凸不平的布纹，更像是件艺术品，如果能用这样一个本子写日记，那我的日记会不会更有味道？

我呆呆地站在橱窗前一动不动，眼睛里闪烁着渴望的光芒。我下意识拉住妈妈的手，朝文具店走了进去。但结果并不令人欣喜，这个本子最终还是回到了原来的地方。

“126元，这也太贵了！”我惊叹道。要等每周10元零花钱的结余来买回它，恐怕它已经不在了。

严老师常跟我们说要做双赢的事情，我想就是做出来的事情对大家都好。我的职业梦想不是成为一名企业家吗？我可以先从小买卖做起呀！对，我就在班上小试牛刀！

第一步进货。刚刚走入“商场”，我虚心向“老企业家”——我的老妈请教。我们一起进行了市场调查，发现浙江温州的货源出奇便宜，我自己的储备资金加上跟老妈借了一部分就可以入手了。在妈妈的帮助下，大批文具几天时间就到货了，它们是各类精美的笔。

第二步就是销售了。今天一大早我去学校卖笔。我先是很不好意思，把笔都藏在课桌里，几乎没有人知道我带了笔来。早餐后，我小心翼翼地拿出了笔，摊在桌上，不一会儿，就有同学围过来问："你在哪儿买的？"我羞涩地回答："我是在卖呢。"

"多少钱？"有同学问。

"两元一支。"听后，有些同学默默离开了，最后只剩下一两个同学买了我的笔。我意识到这种方式行不通，所以，采用了新的方式——主动推销。

课间来临，我立刻带着笔，寻找"各路人士"针对性推销。例如，郑同学喜欢蓝色，我就带着蓝色笔去找他推销；张同学喜欢粉色，我就带着粉色笔去找她推销。不仅如此，我还推出了第二件半价方案——两元一支，三元两支。果不其然，买笔的同学越来越多，销量直线上升，可把我乐坏了。

下午，我才刚到学校就被同学们包围了，估计是中午很多人回家取来了钱。这时我意识到了一个新的问题，人太多了，这该怎么办呢？左思右想后，我发布了一个公告：每个课间只接待十名购买者。可人数并不是那么好控制的，人依旧很多，要是因为"买卖"影响了大家的学习那可就误了大事了。于是我决定暂时停止"营业"，等秩序恢复后再继续卖笔。之后一切顺利，所有的笔全部卖完。

晚上，我捧着散发着艺术气息的日记本感慨万千。

我果真有当企业家的基因和潜能啊！今天，同学们买到了比外面文具店都要便宜和特别的文具。我呢，靠自己的经商才能换回了这个心爱的本子。双赢，绝对是双赢！

不过，学生的主要任务还是学习，我现在最想做的就是用这个日记本记录下我"经商"的过程。

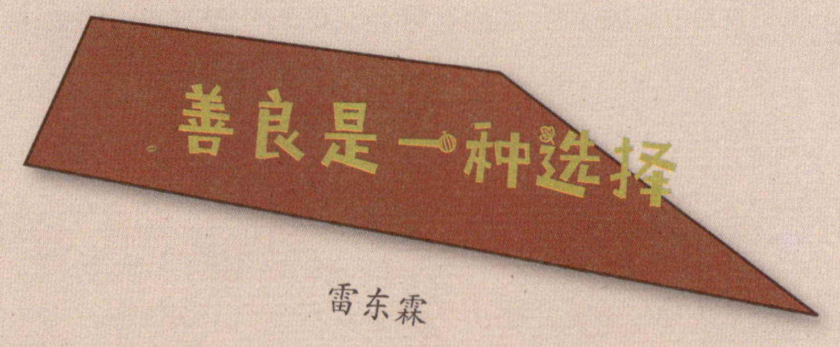

善良是一种选择

雷东霖

（一）

9月12日　星期一

今日读《史记》，看到了一段关于舜的记载。大概的意思是说，舜曾在历山种田，在雷泽捕鱼，在黄河边做陶器，在寿丘制造各种生活用品，还在负夏做过买卖。父亲瞽叟不讲道义，后母暴虐不讲慈爱，弟弟象傲慢无礼，他们都想杀害舜，但舜依然善待他们。有一次瞽叟让他在粮仓顶上抹泥巴，自己在下面放火烧粮仓，舜用两个斗笠从仓顶上跳下来逃走了。后来瞽叟又让舜去挖井，舜预先挖了一个通往地面的密道，等井挖深了，瞽叟和象就挖土把井填上，于是舜从自己挖的密道里逃走了。

看到这里，我感到很气愤，问正在看报纸的爸爸："舜为什么不去报复他们呢？"

爸爸沉默了片刻，然后说："因为他们都是舜的家人。"

"可是他们又是用火烧又是用土埋，早就不把舜当家人了，为什么舜还要对他们好呢？"

"因为舜不忍心，这也就是好人和坏人的区别所在呀！"

"这有什么不忍心的？"我很不理解，"那如果我变得很坏，你会怎么办呢？"

"嘿嘿，我了解我的儿子，这是不可能的。再说，你变得再坏肯定也有好的那一面啊！"爸爸放下手中的报纸坐在了我身边。

"也许舜也是你这样想的，每个人都有好的那一面，也有坏的那一面。那舜为什么不去劝说他们呢？"

"你小时候我们劝你听话你也不听啊，只能一次次吃了亏碰到壁，才深知自己错在哪里。"

"舜也太宽宏大量了，家人们处处刁难他，他也能容忍下去。"

"是啊，这就是舜的品格，对人宽容、善良、大度。"爸爸说。

我妈常常骄傲地提起老爸是当年赫赫有名的文科状元，所以老爸在家里是绝对的学术权威。我大致理解了，只是心里还是有些为舜愤愤不平。

（二）

9月13日　星期二

"严老师，很多老师和家长会更关心那些'坏'孩子，他们得到的似乎更多，那为什么我们要做好孩子呢？"

一大早来到学校，我就把这个想了一个晚上的问题抛给了严老师。她没有直接回答我，而是给我们讲了一个这样的故事。

她说，有一个儿童节目主持人，他收到很多陌生人的求助信，很多人有着这种"上帝为什么不奖赏好人，为什么不惩罚坏人"的困惑。有一个叫玛丽的小女孩写信给他说，自己辛辛苦苦做了甜饼给妈妈，妈妈却转手把甜饼奖励给了弟弟，而她并没有得到褒奖。玛丽的困惑也成了主持人的困惑，因为他不知该怎样回答这些提问。

有一次这个主持人参加朋友的婚礼，新娘和新郎互赠戒指时，两人阴差阳错地把戒指戴在了对方的右手上。牧师看到这一情节，幽默地提醒：右手已经够完美了，我想你们最好还是用它来装扮左手吧。

就是牧师的这句话，让这个主持人豁然开朗，他知道如何去回答那些孩子的困惑了。右手成为右手，本身就非常完美了，因此没有必要把饰物再戴在右手上了。那些有品德的人，之所以常常被忽略，不就是因为他们已经非常完美了吗？于是主持人给玛丽回信时写道：“上帝让你成为好孩子，就是对你最好的奖赏。”

我很喜欢严老师讲的这个故事。我想她是想通过这个故事告诉我，即使我们感知这个世界有些不公平，我们还是要心存善念，好人和坏人的标准在于自己内心，而不是别人给我们贴上的标签。

我想我懂得了：你愿意选择做一个好孩子，这就是全部的理由。

善良，是一种选择。

是你个人的事情，与他人无关。

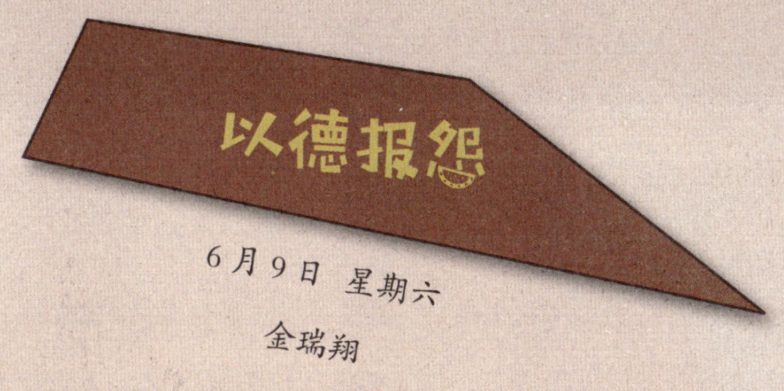

6月9日 星期六

金瑞翔

"爸爸，你给我讲个睡前故事呗。"我坐在床头对爸爸说。

"好啊，那我就给你讲《梁楚之欢》吧。"

"在春秋战国时期，梁国有一位叫宋就的大夫，是边境的县令。这县与楚国边境相连，两国边境士兵都种瓜，各有其法，梁兵勤奋努力，及时浇水，瓜种得很好，但楚国却相反。因此楚兵被楚国县令怒责，这使他们很嫉妒梁军，夜里就去破坏他们的瓜。梁军发现了，也请求县令让他们去报复。宋就说：'这怎么行！人家使坏，你也使坏，怎么心胸狭窄得这么厉害？听我的，你们夜里偷偷地去浇楚国的瓜。'过了几天后，楚国的瓜也越长越好。楚王得知这件事的实情之后，很惭愧，便亲自带了重礼向梁王道歉，从此两国关系友好起来。"

听了故事，我若有所思地点点头，对爸爸说："这不就跟《将相和》一样吗？这就如同老子说的——以德报怨。"

爸爸意味深长地说："嗯，厉害了你，老子的以德报怨你都知道呀！但你知道不？孔子却说'以德报怨，何以报德？以直报怨，以德报德'，孔子认为应用公平、公正来回报恩怨。"

我思索了一会儿说："其实，以直报怨和以德报怨都对，应根据事情本身来决定，比如邻里间的小怨就应该用以德报怨来解决，但要是国家和国家之间的大怨就应该以直报怨。"

爸爸点点头说：“是啊，要是以德报怨行不通，才需要以直报怨。”

我思索了片刻道：“我还想到一点，你看，老子是一位道人，他所说的德并不只是表面上的恩惠，其实也表示了自然道德，其中也含有公平、公正的意思。”

爸爸笑着说：“嗯，你有自己的思考我很高兴，但有了想法要在生活中做到，比如在学校和同学发生争吵，别说以德报怨，你连坦诚相待都做不到。就拿昨天那事说吧，不开心到现在还挂在脸上呢。”

我拍拍爸爸的肩膀说：“老爸——原来你给我讲这个故事是别有用心啊！”

“可不是吗？你可别看你爸平时‘老实本分’，关键时刻精明得很呢！”在一旁不吭声的老妈来了句画龙点睛的话。

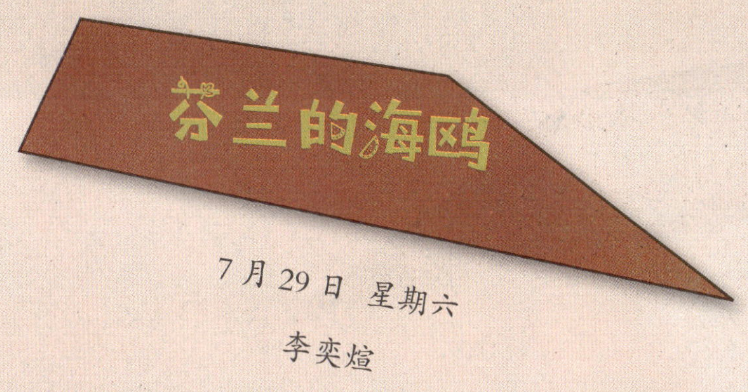

芬兰的海鸥

7月29日 星期六

李奕煊

今天我们乘坐的邮轮在芬兰的首都赫尔辛基靠岸了，坐了一晚上的邮轮，终于可以回到陆地上了。

我们停泊的海港风景非常优美。在阳光的照射下，海面上波光粼粼，海天一色。港口大大小小的船只停泊在码头上，游人如织，热闹非凡。还有一群展翅飞翔的海鸥在我们的头顶盘旋。

我们边走边看风景，我发现路边有一个卖雪糕的小店，小店的上面画了一个海鸥的头像，我想这一定是海鸥牌子的雪糕店。我迫不及待地买了一根，一边走一边吃。突然，妈妈对我大叫："煊煊，小心！"我没当回事，心不在焉地转过身去，突然一只巨大的黑影像箭一样向我冲了过来，只听啪的一声，我的脸颊一疼，发生了什么事情？是海鸥抓伤了我的脸！我低头一看，雪糕竟然瞬间被咬走了一大口，原来海鸥是来抢雪糕了。其他的海鸥也不断向我扑来。

爸爸急忙跑来接过我的雪糕。又有一只海鸥俯冲而下，冲向爸爸，用它锐利的尖嘴迅速地把雪糕叼走了！我十分惊讶，又很无奈，毕竟那雪糕我才吃了一口！这里的海鸥也太霸道了吧！我久久不能回过神来。

这时爸爸走过来对我说："卖雪糕的店门牌上都写着'小心海鸥'了。"我吃了一惊，说："我还以为那是海鸥牌的雪糕呢！"

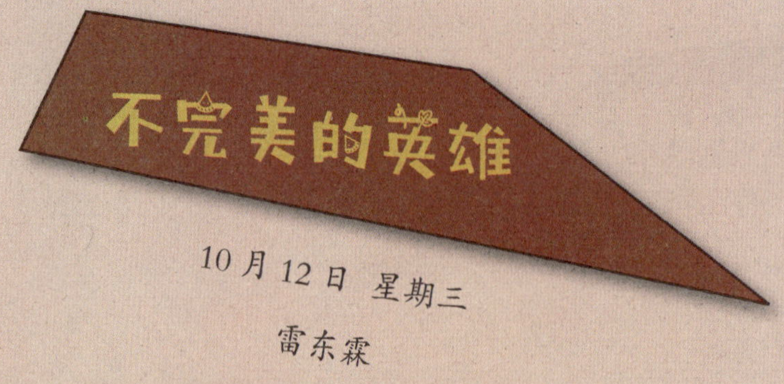

今天，我在《史记》中看了项羽悲惨的结局。

项羽来到乌江畔，这时乌江亭长让他赶快东渡，以东山再起。项羽却说："之前我带领江东子弟八千人向西渡江，而今却无一人生还，就算江东父老还拥戴我为王，我还有什么颜面见他们？即使他们什么都不说，我也问心有愧。"接着他将自己心爱的马送给了亭长，转身让剩余人马手持短剑和敌人交战，最后自刎而死。

读到这里，我心里有一种说不出的感觉。我问爸爸："项羽是个大英雄，为什么会突然失败？"

"千百年来，关于项羽失败的原因有着各种各样的说法。他的确是个英雄，可是项羽在推翻秦朝之后，目光短浅，封立多个诸侯王，把原来统一的国家分裂成几个封建贵族政权。"爸爸思索了一会儿，接着说，"项羽有时很残暴，多次屠城，滥杀无辜，激起了秦国老百姓的愤怒。"

"不是也有评价说项羽礼贤下士吗？"我还是有些不理解。

"项羽表面上礼贤下士，对人有礼貌，但是有贤德之人总是遭到项羽的怀疑与嫉妒，他没有建立好稳固的后方，在战略上便会处处被动。"

在我点头就要表示顿悟之时，老爸却话锋一转。

"其实在我看来，最重要的原因不在此。项羽有很好的血统，有很多方面的天赋，比如天生神力、勇猛善战，不过最终败给了刘邦，实在匪夷所思。”

见我瞪大了眼睛，爸爸拿过《史记》指着一段文字对我说：“你再读读这一段。”

“项籍少时，学书不成，去学剑，又不成。项梁怒之。籍曰：‘书，足以记名姓而已。剑，一人敌，不足学。学万人敌。’于是项梁乃教籍兵法，籍大喜，略知其意，又不肯竟学。”

这段话不难理解，项籍年少时曾学习识字写字，没有学成就放弃了；学习剑术，也没有学成。他的叔父项梁很生气。项籍却说：“写字，能够用来记姓名罢了；剑术，也只能与一个人对敌，不值得学。我要学习能敌万人的本事。”于是项梁就教项籍兵法，项籍非常高兴，后来只知道兵法大概的意思，又不肯深入地学习下去。

“难道项羽就是吃了没文化的亏？”我自言自语。

“书籍是人类智慧的结晶，先秦典籍中的著作充满了各种人生智慧。项羽没有在少年时期遍读书籍，为他日后的失败预埋了祸根。”

“所以后来，刘邦和项羽争夺天下，刘邦凭借智取，而项籍则刚愎自用，以蛮力相拼，最终被刘邦打败。”聊到这里，我似乎有些理解老爸平日不厌其烦叮嘱我读书的良苦用心了。

“项羽有很多兴趣爱好，他每学一样东西，刚开始很有兴趣，但凡有困难出现就不学了，可以看出他做事缺乏毅力。你对待学习也有些虎头蛇尾，比如学奥数和写日记是你自己提出来的，打乒乓球和滑冰也是你感兴趣的，但遇到困难你又有些退缩，不能持之以恒。”

老爸边说边变魔术般拿出了跳绳和《论语》，笑眯眯地说：“宝贝儿子，先跳绳还是先读书？”

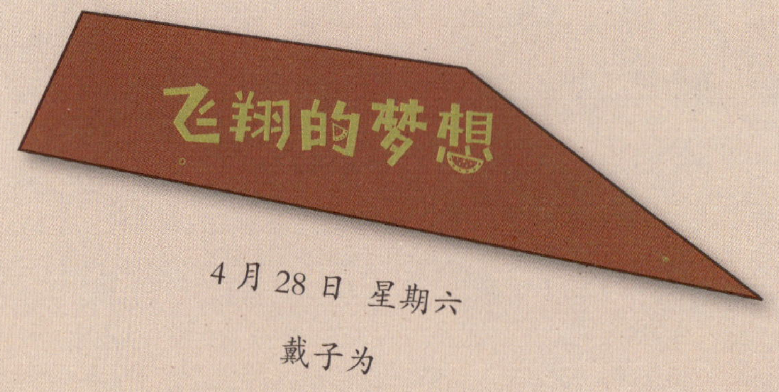

4月28日 星期六

戴子为

中午，我把昨天描了边的风筝放在桌子上，再拿出颜料和画笔，我打算不睡觉，就为了画它。

我的职业梦想是当个精神科医学教授，而医生是与死神交锋的职业，所以我便画了一个手执十字架正在与黑衣死神搏斗的医生。

随后我又画了药剂、DNA仪、听诊器、爱心、口罩、医疗小车、病床、工作日志。我觉得我画得很到位。

上学前，我找老爸给风筝绑上了线，支好支架就去上学了。

我把风筝带到了平台上，牛米和萝卜头都在放风筝。他们的风筝也不错，就是飞得不好。我找了旋风，他在后面抓风筝，我在前面放。

“3，2，1——”我和旋风跑了起来。首飞的风筝起初摇摇晃晃，有一次还差点翻了，随后越来越高，像一只雄鹰在飞翔。我从墙边跑向洗水池，再从洗水池跑向花园。风筝越来越高，在一班的花园上盘旋着。一班的一个捣蛋鬼本想用水喷它，结果却被它闪开，画着十字架的尾部还抽了一下他的手。我们班的易添、埣墁等人一直在喝彩，我的风筝一下子成了大明星。

上音乐课的时候，我一直紧紧地护着我的风筝，为的就是下课去放飞。

“哇喔！”风筝再次腾空而起，在高空中自由飞翔。“戴子为，加油！戴子为，加油！”同学们都在为我加油。“‘孙子’，加油！”这是“奶奶”

的加油声。“冰块，加油！”这是我好哥们的加油声。每一个人的目光都聚集在了空中的风筝上！

可风筝被一股横风吹到了护网上。“不！”大家尖叫起来。风筝慢慢地飞了下去。

反应灵敏的金瑞翔立马跑了下去，大家都趴在护网上看风筝掉到哪了。我和含片也冲了下去，结果在下面没找到，一、二、三楼也没有。我的大脑一下就空白了。

回到班里，大家都问我有没有找到风筝，我说没有。大家都表示很遗憾，我静静地想了一会儿：既然风筝飞走了，那就任它飞吧！希望这只载着我梦想的风筝能飞到我的未来，飞到我成为医学教授的那一天……

风筝的名字，我已经想好了，就叫——飞翔的梦想。

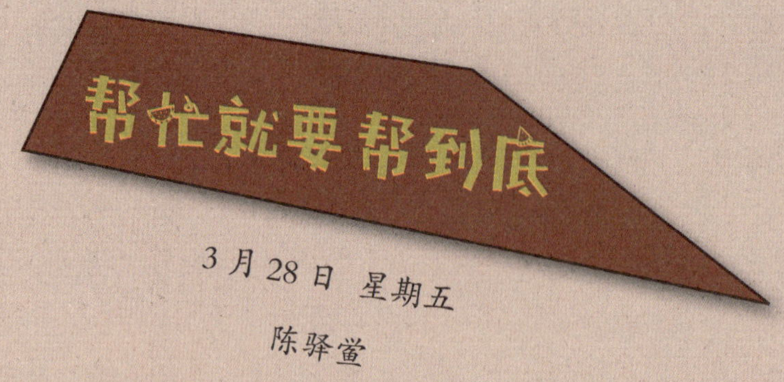

3月28日 星期五

陈驿鲎

在一个明朗的中午，训练完的我正走在回家的路上。

“咦！那是什么？”一只海螺样的蜗牛吸引住了我，它的周围和壳上到处都是蚂蚁，而它像没发现似的在那里一动不动。我很好奇，就顺手拾起蜗牛旁边的一片叶子轻轻地在它身上试探，只见蜗牛立即缩回了它的“家里”，而蚂蚁就在它的壳上爬来爬去。

一个念头在我脑海里闪过，蚂蚁在蜗牛壳上爬来爬去，那么蜗牛肯定觉得很痒，可惜它动作太慢，甩不掉身上的蚂蚁，那我就帮它清理掉蚂蚁，让它舒舒服服的。

正好，旁边有许多小石头，我就放下手中的树叶，拿起一块和橡皮差不多大的石头，先对准蜗牛周围蚂蚁最多的位置，然后慢慢移到蚂蚁的上方，手一松，小石头落了下去。“嘣！”成功击中。石头刚落地，旁边幸存的蚂蚁疯狂逃窜。我拿起那块石头，看见石头下面的蚂蚁已经成“饼”了，我觉得有些残忍，不忍心再继续做下去。

这时，蜗牛不知从哪流出了白色不明液体，并以蜗牛为中心向四面八方散开，蚂蚁碰到液体都惧怕了，纷纷四下逃窜。原来蜗牛开始对蚂蚁进行反击了。可是蜗牛壳上的蚂蚁毫发无伤，蜗牛拿它们没办法。

“帮忙就要帮到底”，这是爸爸对我说的，我要帮蜗牛击退壳上的蚂蚁，帮它赢得这场反击。

我又把石头换成了叶子，在蜗牛壳上扫来扫去，这个时候蜗牛好像与我有心灵感应一样，稳稳地趴在地上一动不动。树叶把蜗牛壳上的蚂蚁扫到地上，蚂蚁掉在地上逃之夭夭。蜗牛看见蚂蚁狼狈地败下阵来，便慢慢向草丛里爬去。它转过头看了看我，仿佛在向我表达谢意。

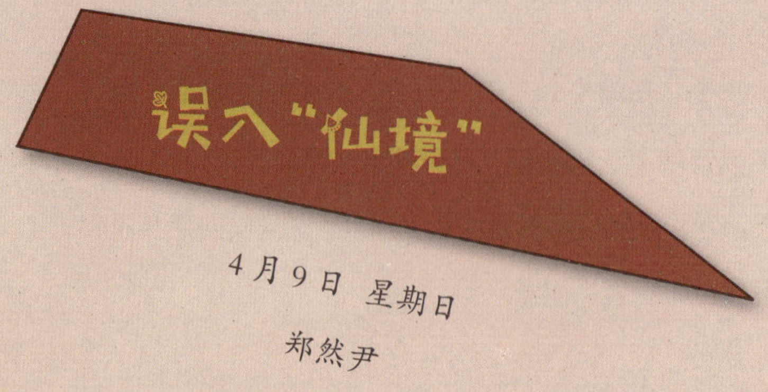

误入“仙境”

4月9日 星期日

郑然尹

今天回家早，但在路上摔了一跤，我就在家楼下的长椅上坐了一会儿。忽然一只小蚂蚁掉到了我的手背上，我被吓到了，本想用力甩掉它，可它好像受了伤，抽搐着，看起来很痛苦。我把手静静地放在椅子上，看着它的动静。

它慢慢地用完整的几条腿攀上了连绵起伏的“山峦”（关节），又来到“小草丛”（汗毛）。它拨开“小草丛”，从缝隙间钻过去，又跳过“小沟”（手指的皮肤纹路），走过宽阔的“大路”（手指节），从指甲上滑了下去。

我很好奇它到底要去干什么，回家吗？去工作的地方吗？还是像我一样找地方歇脚疗伤？

它沿着地上石片中间的沟走进了叶丛。我放下书包，用双手拨开茂盛的一人高的叶丛。我的心怦怦地跳，我随着它走，像是爱丽丝随着兔子走进了仙境。

那只蚂蚁在一片叶子下停了下来，我顺着叶子看过去，叶茎上爬着若干芝麻大的无名小虫，它们正顺着叶子往上爬。叶子的形状各异，颜色有别，纹路更是美丽。这叶子的正面是红色的，反面是绿色的，越靠上面颜色越浅，上面的红宛如火一样燃烧着，下面的绿如翡翠一般碧绿着。

无名小虫们又爬向另一丛叶子，这种叶子很小，最大的不过拇指盖大。圆圆的叶子绿得出奇，深深的绿，饱经沧桑。这绿不青不翠，甚至有些闷闷的，像湖水的最深处，幽然宁静。它们那么小，紧紧地，一左一右地统统附在一条长长的粗枝上，长枝交错着，形成了一大丛。还有一种叶子有点像竹子，又有点像蒜苗，一片片包着，直直的，但不是很高，颜色紫红紫红的。我从来都没有注意过，天天走的家楼下的路边竟有这么美的地方！

我的眼前有森林，有绿地，有泥，有沙，有虫，有蚁。一队蚂蚁整齐地走着，好像无论是人为的侵略还是来点风，或是下点雨，都无法打乱这整齐的队伍。

我拨开叶子，从叶丛里钻了出来。夕阳撒在脸上，我赶紧背上书包回家了。

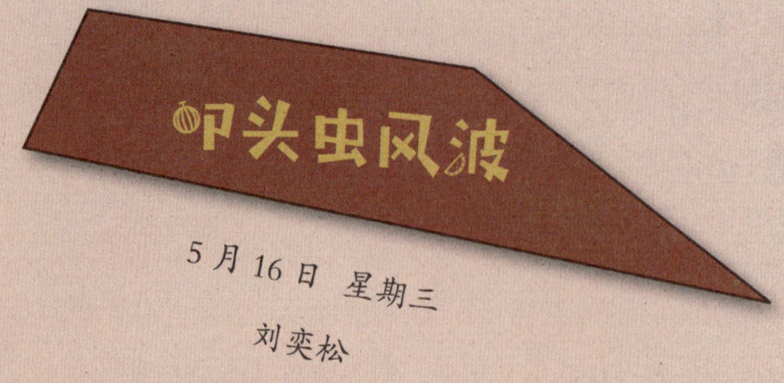

叩头虫风波

5月16日 星期三

刘奕松

（一）

今天体育老师叫我们跑步。见我们跑得不整齐，就让我们停下来整队。

不一会儿，我们前排都安静了下来，可老师还在不停地说：“3，2，1，十圈。3，2，1，十一圈……”糟糕，被罚的圈数越来越多了。奇怪，也没有同学说话呀！我回头看了看，原来大家的目光都被地上一个小小的东西吸引住了——那是一只甲虫，背上闪烁着青绿色的光。

哇，好漂亮啊！等等，这不是我以前在姥姥家玩过的叩头虫吗？我记得，只要把它反过来放，它就会叩一下头，发出“咔嚓”的声音。它利用惯性弹跳起来，迅速翻一个身，就可以继续爬动了。这种虫可是很稀有的呢。

叩头虫在同学们的脚边来回爬动。“你们可别把它踩着了呢，要小心一点！”我对后面的人说。过了一会儿，老师去看了看女生那边。我趁机把叩头虫拿起来，用大拇指和食指围成一个小洞，把叩头虫的头套住了，露在外面给它呼吸新鲜空气，又将它的身体留在我的手里抓着，生怕被老师发现。

老师让我们继续绕跑道跑，叩头虫就在我的手里颠簸，它可能觉得不太舒服，几度想要挣脱。它先是不停地叩头，我的手一开始痒痒的，后来转变为了疼痛。啊！它竟然在用大牙咬我的手指，我痛得连忙把它的头移开，它趁机又叩了一下头，半个背部都已经露出来了。我急忙把它放回手中。

好不容易熬过了体育课，我连脱落的鞋带都没绑就跑回了教室。

（二）

我到了教室，把叩头虫放在了桌子上。

它可能是在我的手里挣扎了太久，没多少力气了，连走路都跌跌撞撞的。不一会儿，同学们都聚在我的桌子旁边看那只叩头虫。一些胆小的女生看一眼就被吓跑了，留下几个胆大的男孩子还在专心致志地观察。

起先叩头虫总是很害怕，一个劲地向下爬，好像不想让我们围观它——它掉进了我的抽屉，一直往抽屉的最深处爬。那里堆放了我的书，“地形”很复杂。叩头虫过了一会儿又出来了，不知道是因为惧怕里面的黑暗还是把我的书当成了怪物，总之，不管把它放在抽屉的哪个位置，它终归还是要爬出来。马上就要上课了，还找不到一个它的安身之所，这可怎么办？这时，坐在我前面的敖子茹给了我一个小圆盒，我就把叩头虫装在里面。

上课了，没过一会儿，叩头虫又不安宁了。它试图爬出这个盒子，爬着爬着，不小心脚一打滑，就摔了个四脚朝天，不停挣扎着想要翻过来。你不是可以叩个头跳起来吗？快叩，快叩！叩头虫果真叩了一个头，发出“吧嗒”的声响，把老师的目光吸引过来了。她一看是一只虫子，吓得哎哟一声。这下可好，把全班同学的注意力都吸引过来了，他们有的吃惊地望着桌面上的叩头虫，有的喃喃自语，还有几个甚至到我的课桌上观察它。教室里乱成了一团……

下课了，我带它出去逛，看到了我们班花园的一个空盆，里面只有土和一些杂草。我把它放了进去，它立马变得活泼起来，到处乱爬。饿了就吃一口草，渴了就喝一滴露水，感觉无聊还能跟其他小虫子嬉戏。

果然，大自然才是它最好的归宿啊！

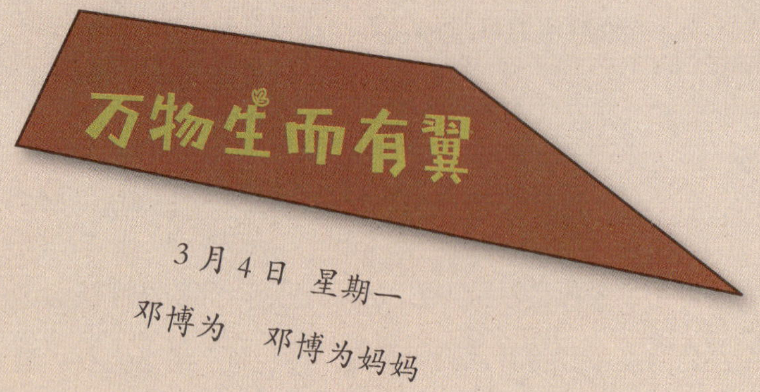

最近，我们学校又开始了一年一度的艺术节。所谓的艺术节，就是每个班级各表演几个自己拿手的节目。我们班有一个节目是英语音乐剧，负责这个节目的是我妈。

我妈策划的英语音乐剧叫《三只小猪》，我选择扮演大灰狼。当时，我还生怕有人跟我抢呢。结果，一个想当狼的都没有，反而是小猪的人数超标了，变成了“七只小猪”。事情还不只七只小猪这么简单。这“七只小猪”在排练的时候常常靠“猪多势众”来欺负我，连猪爸猪妈都来凑热闹，最后变成了“七只小猪”和他们的父母一起来暴打大灰狼。

唉！身为一只狼居然被猪给欺负，真是太没尊严了。

好在演出非常成功，大家都很开心。我很期待下一次的演出！

〔妈妈的话〕

看了好多个所谓儿童剧的剧本后，我都不满意，如果为了表演而表演的话，多没意思，要演就演孩子们真正喜欢的。这时，我想到了 David 幼儿园时候最喜欢看的《三只小猪》。

记得 David 还在幼儿园的时候就认认真真看过好多遍《三只小猪》。有次发着烧，他还硬要拿着书，对着碟子，一遍一遍地看，可喜欢了。那时候就会跟着唱："Who's afraid of big bad wolf , big bad wolf ,big bad wolf …"

虽然没有专门的排练场地，没有任何现成的道具，孩子们会说的那几句英语还很有限，但是，故事已经有了，对于表演，我倒是不担心。我内心十分清楚：我要让孩子们快乐地参与进来，表达他们对这个故事的理解。他们爱怎么表达就怎么表达。

既然我们的宗旨是教育戏剧或者说是戏剧教育，我们要做的就是用戏剧的方式给孩子一个平台，可以让每个孩子以自己的方式，自由、奔放、投入地去表达，获得对生命的体验，获得心灵的释放。所以，我们不会板起脸来，做出权威的样子去挑选演员。

有多少个同学报名我们就设置多少个角色。

可以是三只小猪，当然也就可以是五只、六只、八只、九只，甚至更多只，我们真心欢迎每一个同学的加入。因为教育的功能，不是选拔，不是要在一群人中间挑选出来，谁比较优秀，谁代表未来。

李白早在唐朝就说："天生我才必有用。"

西方的鲁米也说："万物生而有翼。"

教育的功能是确保孩子的个人成长。

所以后来谢文曦同学的妈妈在群里问那个小猪的节目还可不可以参加的时候，我们其实都已经分好角色好久了，但我们也是真心高兴，我们这里又多了一只小猪。

在排练过程中，我认识了梁甘达妈妈，才知道她是珠海电视台编导，经她采、编、播的电视节目不计其数。就是这样一个才女，主动出来，热情地帮《三只小猪》节目做好了配乐。

还有孙振曜妈妈，这个能干的美妈，一件一件地在淘宝上买了所有小猪和大灰狼的服装。必须承认，有了服装，这个剧才像个样子，不然很有可能让我们表达成几只猴子和大灰狼的故事，因为孩子们实在是太调皮、太活跃了。

好多次，都是黄东煜妈妈，还有曹奕涵妈妈在放学的时候过来，把孩子们一个一个召集在一起，让他们知道，自己究竟是盖了草房子还是盖了木房子的小猪。

还有许朱盟妈妈，她是那么美好，一位毕业于上海戏剧学院的美术工作者。我们几次的戏剧都是她做的布景，她一点也不觉得自己做这些是大材小用了。她热心地把一幕一幕布景做好，每次都带上好多美食放到舞台上，分给排练的孩子们。

莎士比亚说："生活就是戏剧，每个笑脸后面，都有一个不同的故事。"

而这一切的一切，都源于那个下午，我接到的一个电话。

景园小学的严杏老师、David的班主任，她告诉我说：

"你来给孩子们做一个戏剧吧！"

"就是带着孩子们玩。"

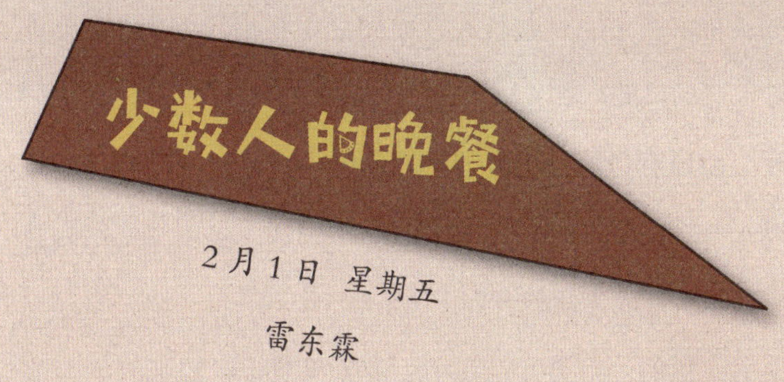

2月1日 星期五

雷东霖

今天，我在美国电视台的一个节目上看到了这样一部动画片。

一家餐厅里，厨师将客人领进了一个房间，随后厨师搬来了一台机器。那台机器开始将房子里的花瓶吞掉，机器的另一边随即吐出来许多菜肴，客人等不及了，赶忙吃起来。

随后，一群黑色和白色的流浪猫开始从房间的各个角落里窜了出来，向客人索求食物，客人把剩饭剩菜倒在了地上。

桌子上的菜很快被吃完了，机器又开始运转，它把油画、柜子之类的东西吞进去，另一边继续吐出来许多菜肴，客人又开始狼吞虎咽。

桌子底下的动静引起了一只黑猫的注意，它悄悄地跳下去，发现客人的腿之间绑着一条大铁链。霎时间，铁链竟像一个活物似的，一把就将黑猫拖了进去。

菜肴再一次被吃光，此时的房间被机器吞噬得残破不堪。越来越饥饿的客人们已经顾不上礼仪，流浪猫也被他们用玩具老鼠引开。

不知又过了多久，房间被机器完全吞噬了，客人疯狂地吃着最后的食物。这时，被玩具老鼠引开的猫聚集在一起，变成了一只黑白相间的猛虎，餐厅里传来一阵阵惨叫声，此时动画结束。

我喜欢这部蕴含哲理的动画。

在我眼中它要讽刺的那些客人就是政客，流浪猫则是民众。靠机器无休止地进食隐喻着政治家的无能和贪婪，铁链代表着他们之间互相的束缚。谁发现了他们的秘密就会被卷入这场风波。

放出玩具老鼠引开流浪猫意味着放出假消息欺骗民众。最后团结起来的流浪猫强势反击似乎讽刺了一个恶性循环——政治家欺压民众、贪图享受之后会走向灭亡，民众里早晚有些人会成为新的“大王”。

大家都说我是个生活简单的“宅男”，在小小的家里我也可以拥有大大的世界。我喜欢历史和哲学，喜欢分析和思考。

我从这个故事里看到了政治，也看到了科学。几乎所有科学技术的产生都是为了满足人好逸恶劳的偷懒的欲望，为了避免灾难的产生，人类必须收手，必须知止”。

我想唤醒这些误入歧途的人们。

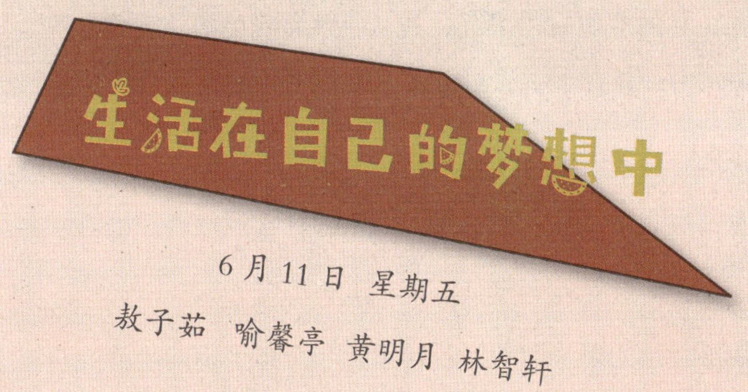

昨天，我们班级在《我的第一本日记》里“种”下了一棵心愿树。同学们纷纷在这棵心愿树上写下了自己心中的职业梦想。今天，我们四人小组就这个话题展开了讨论。

敖子茹：我想问问大家，你们对哪位同学梦想中的职业最感兴趣？

喻馨亭：我最喜欢高艺函心目中的职业——马术运动员。穿着英姿飒爽的马术服，骑着彪悍高大的骏马，飞驰在万众瞩目的竞技场上，这情景多么令人向往啊！

黄明月：在我眼里，手持水晶球能预测未知空间的人才是最神秘的。郑力扬的未来职业是一位预言家，他希望自己能用超自然的科学知识和非凡的智慧预测未来。

林智轩：的确有意思，对于预言家来说，这个世界没有秘密。

黄明月：你们心目中理想的职业是什么？

敖子茹：草木、鸟兽、山川、河流都是有生命的，大自然中的每一个生灵都应该被保护。长大以后我想当一名护林员，每天与大自然的一草一木相伴。

林智轩：俗话说“你不理财，财不理你”，我的梦想就是当一名高级理财规划师，我要用我的专业和热情帮助更多的人实现拥有财富的梦想。

喻馨亭：跟你们相比我的梦想有点平凡，我从小就特别爱美，我就想当一名服装设计师，每天都让自己和身边的人美美的。

敖子茹：这也很好啊！

“对，每一个职业都应当被承认、被尊重。”不知什么时候杏子老师在一边倾听我们讨论了。

“很高兴你们规划了自己的未来职业，我希望每一个孩子都能生活在自己的梦想中。老师也希望你们在拥有梦想的同时主动学习、积极体验，激发自己内在的创造潜能。祝你们梦想成真！”

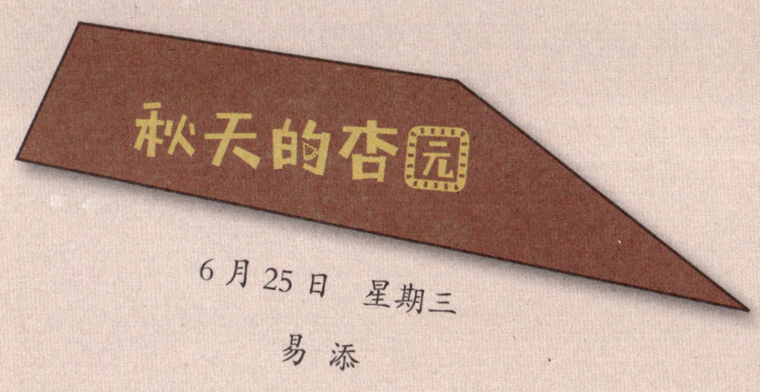

“多带点黄颜料，肯定用得上。”

“别忘了带上方希蓓主编的《青青杏园》秋季刊，这期的封面设计很有秋意，待会儿摆在最显眼的位置。”

秋天到了，作为班上的宣传委员，我带着同学们利用周末的时间来给“青青杏园”换上秋装。我们还有一队“志愿军”，那就是我无所不能的老爸老妈和我妈的闺蜜团。

枫叶、针线、胶水、树枝、鸟窝、颜料……这都是同学们准备的。看来，这定是一场酣畅淋漓的大变装。

秋天是什么样子的呢？

“我们把枫叶缝在窗纱上可好？”提议一出，大家纷纷赞同。针线活还得靠妈妈团出手，妈妈们四下一分散，一人一扇窗，一个个好似武林高手，针线在她们手里好像华山舞剑一般上下穿梭，只见枫叶像变戏法一样，一片、两片、三片地被缀在杏色的窗纱上，阵阵秋风掠过教室，枫叶随着纱窗轻轻摆动，真的像极了片片秋叶落下一般。杏园里的秋味一下子浓郁起来。

同学们在一边也没闲着。你来装点板报，我来整理书架……

我们和杏子老师一起打造的“青青杏园”模拟着四季的变化，生活在这里如同在大自然里成长。

我最喜欢教室墙壁上那棵手绘的一直延伸到墙顶的大树，秋天里的它应该有什么变化呢?

“添上几只活泼的小松鼠！”

“松果不能少。”

“树叶开始变黄了。”

“得加一个鸟窝，冬天快到了。”

“别忘了落叶呀，秋天走在落叶小道上，听着沙沙作响的摩擦声，这该多么浪漫啊。”

此刻的“青青杏园”秋色正浓，咦，好像真的听到了落叶的声音。

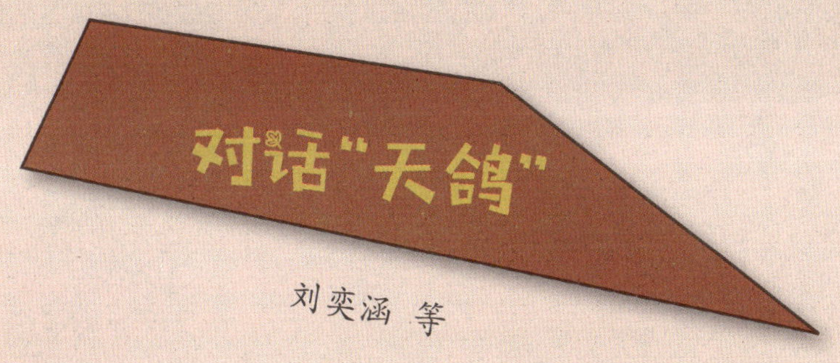

对话"天鸽"

刘奕涵 等

写给台风（伤痛篇）

肆虐的台风"天鸽"走后，我和孩子们一起加入了义工的行列。当我把和孩子们一起在情侣路上拍下的照片发到朋友圈时，特级教师高子阳留言说："台风，太可怕！可以写一本童书了。"是呀，多么令人难忘的一次经历，为什么不让孩子们记录下来呢？我想，就从童诗开始吧。

——杏子老师

2017年9月9日

天鸽，请你想一想

刘奕涵

你把大树吹断，
把楼房吹坏，
电线也被你扯断。
你为何不用清凉的微风，
把大家安抚？

你让大雨倾盆注下，
小草无法探出头来，
乌云也把太阳掩盖。

你为何不用微微的小雨，
把庄稼滋润？

你可以温柔，你可以和煦，
你可以做很多很多善事，
为何偏偏要把珠海扰乱？
还叫来你的同伴，
“玛娃”“卡努”也一起来破坏。

你想想，
如果你的家园受到这样的伤害，
你会有多么的遗憾。
天鸽，你不要再回来！

天鸽，你是否想过

郑然尹

天鸽，当你与海浪玩耍时，
你是否想过街道会因你而淹没？

天鸽，当你与电线拔河时，
你是否想过人们会因你而黑暗？

天鸽，当你和你的小伙伴们撒欢时，
你是否想过树木会因你而哭泣？

天鸽，当你从珠海掠过时，

你是否想过渔女会因你而伤心？

天鸽，这些你是否想过？

天 鸽

高艺函

天鸽，你不是平安的化身吗？

你为什么要呼啸？

还驾着妖风，

伸出恶魔般的手，

把花朵撕碎，

把大树连根拔起，

让它们了结生命断了声息！

天鸽，你不是吉祥的化身吗？

你为什么要狰狞？

夹着泥沙掀起了滔天巨浪，

把汽车抛进海里，

把轮船推到陆地，

让它们背井离乡身处异地！

天鸽，你不是和煦的化身吗？

你为什么要暴戾？

还卷着黑云，

和暴雨混在一起，

把小路折腰，

把大路埋进海里，

让它们惊恐万分奄奄一息！

天鸽，请你告诉我

杨颜绮

天鸽，请你告诉我

为什么要破坏我们珠海的美丽？

是因为你嫉妒海滨公园的惬意吗？

原本它是我们假日娱乐的休闲公园，

可如今却被你吹得面目全非。

天鸽，请你告诉我

是因为你嫉妒圆明新园的气派吗？

原本它是我们引以为傲的皇家园林，

可如今却被你吹得伤痕累累。

天鸽，请你告诉我

是因为你嫉妒我们景园小学的欢乐吗？

原本它是我们学习生活的幸福家园，

可如今却被你吹得愁眉苦脸。

天鸽，请你告诉我

你到底是因为什么呢？

天鸽，请你改正错误吧

胡天杨

天鸽，你真是只可恶的鸽子。

你把清澈的池水吹浊，

把健美的大树吹折，

你把挡风的玻璃吹碎，

把丰收的农田淹没。

可是我并不憎恨你。

也许是大自然在指挥你，

你并不想这样暴力。

也许是你想玩得开心，

不小心使了大力气。

可是你不能这样调皮，

成了一个不受欢迎的小淘气。

这可不像我们心中象征和平的你。

天鸽，请你改正错误吧。

你要好好努力，

恢复你美好的名气，

让人类重新喜欢你。

天鸽，你为何生气？

罗慧沣

天鸽你呼呼地叫着，

向我们美丽的珠海袭来。

我静静地看着你，
看你狂风大作，
看你肆虐树木。

天鸽你为何生气？
是我们砍伐树木，
惹得你伤心？
还是我们乱丢垃圾，
破坏城市的美丽？

天鸽，你不要生气。
我们会改正错误，
一起呵护珠海的美丽。

天鸽，请变回原本温和的你，
吹向正在哭泣的大地。

不论你来，还是不来

邓博为

天鸽
你把高大的树木连根拔起，
可曾看见，
片片凋零的落叶，
是它们的泪滴。

天鸽

你把楼房的玻璃整片整片吹落，

可曾听见，

那破碎时刺耳的声音，

是它们最后的哀鸣。

天鸽

你让海水倒灌，

淹没了街道、车库与小灌木林，

可曾想到，

这侵蚀的一点一滴，

都牵挂着我们的心。

天鸽

总有一天，

我们会有自己的“防风岭”，

不论你来，还是不来，

我们再也不怕你。

你是天使还是恶魔

周泽轶

天鸽，你是天使还是恶魔？

你让大树失去生机；

你让花朵失去生命；
你让鱼儿离开水的怀抱。
这些显得你是多么无情，
多少人因你而哭泣。

为什么你要伤害珠海的美丽？
难道是我们以前伤害了你？
请接受我们真诚的歉意，
我们会用双手重现城市的美丽，
也请你恢复天使的善意。

不受欢迎的"战斗鸽"

雷东霖

天鸽啊天鸽
请你饶恕我的罪行，
我再也不会，
偷吃乳鸽了。

天鸽啊天鸽
你哪是一只温柔的白鸽，
分明是坏脾气的“战斗鸽”！

天鸽啊天鸽
你的力量大得让房子摇来摇去。
全家只有小猫淡定地坐在地上，

悠闲地打着哈欠。

天鸽啊天鸽
你怎么能如此暴躁，
拉起大树甩在一边，
还把保安亭扔在路中间。

最难过的是，
你还弄断电线，
害我看不到最喜爱的纪录片。

远方的台风

马艺菡

离家的我在欢乐玩耍，
却不知正在被台风袭击的家。
我不知当时人们的恐惧，
也不知生灵涂炭的痛苦。
当听说这个噩讯之时，
珠海的伤已无法挽救。

我只能听树倾吐折断的痛苦，
听草诉说抵抗的艰难，
心痛满地破碎玻璃的无助，
目睹四处围墙倒塌的凄凉。

但我相信，
我们的心是勇敢的，
我们的心是彼此相连的，
台风我不怕，相信你也是。

无情的鸽子

袁予泽

天鸽，你不是可爱的鸽子。
你那锋利的爪子，
把一根根树木连根拔起。

天鸽，你不是美丽的鸽子。
这么温柔浪漫的城市，
你也忍心打扰她的安宁。

天鸽，你不是善良的鸽子。
你的凶悍和暴戾，
把伤害印在了人们的心里。

哼，
你真是一只无情的鸽子！

天鸽，你真调皮

王思睿

天鸽天鸽你真调皮，
你吹得人们流离失所，
却不说对不起。

天鸽天鸽你真调皮，
你吹得树爷爷东倒西歪，
却毫不在意。

天鸽天鸽你真调皮，
你吹得鸟儿无家可归，
却当作游戏。

天鸽呀天鸽，
你虽然这样调皮，
也不能全怪你。

不过，
还是请你快快走吧，
让珠海恢复昔日的美丽。

天鸽，你别妒忌美丽

刘奕策

天鸽，你真是不怀好意，
你为什么要来掠夺珠海的美丽？
你是不是觉得自己不够标致，
而心生妒忌？

瞧瞧！你干了什么“好事”，

大树东倒西歪，

玻璃窗支离破碎，

广告牌不知去了哪里。

我知道你也想变得美丽，

告诉你一个小秘密：

只要你不去妒忌，而心怀善意，

慢慢地……

你就会变得美丽！

天鸽，你能听我说吗

娄馨雨

我看着海啸袭来，淹没了楼房。

我看着台风袭来，吹倒了树木。

我只能看着，无能为力。

小草低着头，悄悄哭泣。

花儿垂下腰，不再呼吸。

天鸽，请你不要再这样任性和随意。

天鸽，我曾经那么喜欢你。

因为你代表着和平、善良和美丽。

天鸽，你能听我说吗？

写给台风（兴发篇）

前几日，我惊喜地发现，被我捡回的一根枯枝居然发芽了……朝窗外望去，台风过后，萧条的珠海已经在这个秋天悄悄地呈现出一片嫩绿。课堂上，我和孩子们一起分享了我的发现与感动。被我感染的孩子们也纷纷走上街头，用他们自己的眼睛去寻找、去观察，并记录下了这座城市在秋天绽放的一抹新绿。

——杏子老师

2018 年 5 月 12 日

新 绿

易 添

瞧！那淡淡的一抹新绿，
懵懂、稚嫩，像一颗小豆豆。
瞧！那衬托着新绿的深绿，
坚强、担当，像一个大家长。

新绿，狂风骤雨之后，
你悄然焕发。
深绿，托起新绿之后，
你渐渐枯萎。
瞧！那一抹抹淡淡的新绿，
长一点再长一点。
慢慢变成了深绿，
枝繁叶茂。

回头看那已成落叶的深绿，
一片付出，一片成长。

慢慢地，慢慢地……
就像那世间的轮回，
一代成长，一代消亡。

因为大树努力过

杨颜绮

天鸽，你把大树吹离了土壤，
人们用双手把大树扶回了土地。
大树开始了工作，
一场雨后，
树叶豆豆就开始发芽。

即使被台风吹断了身体，
只有一个小小矮矮的树桩，
也长出了绿叶，
因为大树努力过。

即使只有一片绿叶，
也是新的生命在开始。
大树很出色，
因为大树努力过。

坚强的生命

符誉

墙角边，那抹绿绿的是什么？
是小草！
恐怖的天鸽之后，
依然生根。

花坛边，那丛粉粉的是什么？
是小花！
残忍的天鸽之后，
依然美丽。

道路边，那根棕色的是什么？
是树干！
暴戾的天鸽之后，
依然挺立。

于是，
我读懂了——
什么叫坚强。

勇　气

罗慧沣

台风走后，
树枝堆了一地。
让我感动的是，
它们没有放弃。
即使是一个小树桩，
也在默默地努力。
难道被天鸽打击，
我们就要放弃？
瞧！
为了给鸟儿一个家，
在这个秋天里，
树枝努力地绽放新绿，
我也想要这样的勇气。

重生

郑力扬

在一次猛烈的台风中，
一棵生长在南方的小树，
刚满十岁，
就倒了下来。

天空路过的小鸟，
难过地叹了口气。
旁边经过的行人，
也遗憾不已。

在离它不远的地方，
冒出来一棵嫩芽，
也许，
是那棵小树急中生智，
在最后的时刻，
把一粒种子抛了出去。
于是，
它获得了重生。

早上，你好

方希蓓

清晨
在狂风肆虐后的大地，
我嗅到了

小草嫩芽的清香；

我看到了

小花快乐的绽放；

我摸到了

大海像沉睡一样的平静；

我听到了

一片兴奋的呐喊声：

“早上，你好”

是生命在对大自然

勇敢的问候！

一切又恢复了美好！

一切又恢复了美好！

倔强的生命

刘奕涵

我们有一位杏老师

我们还有一个杏园

杏老师告诉我们怎样灌溉杏园

就像给桃花心木浇水

需要不定时也不定量

这种不确定性栽培真的好吗

直到天鸽亲自上门来鉴定

我们亲眼看到

精心伺候的园子一片狼藉

而我们的杏园却展露生机

原来

生长的过程中不需要过多的呵护

规则要与自由一起成就倔强的生命

就像平日杏老师栽培我们

她从来都是不拘一格又自成方圆

让我们在不经意间挺拔茁壮

我们眼中的小豆豆

大梨子老师的实习笔记

黎佳蔚

九月中，我与这群孩子相遇了。

从大学的象牙塔步入真实的课堂，这群孩子还真与我想象的不太一样。

在教室的最后一排，我有一套属于自己的桌椅，每节语文课，我都坐在后面和孩子们一起听课，仿佛自己也重新回到了小学。

第一节课是日记评讲，班级打算出一本可以挑战《窗边的小豆豆》的日记书，听来篇篇都是不普通的选材、不常见的立意。原来我身边都是一群即将成名的小作家啊！第一天的见面，我就对这个班上的每一个孩子产生了好奇。

是怎样的学习环境下成长的孩子才能写出如此活泼、奇特的文字呢？他们和同龄孩子有什么不一样？

（一）小评委

走进六（2）班教室，我感觉有些奇怪。是因为那几个孩子眼睛近视看不见，还是他们课堂纪律不好被要求坐在最前面？

原来他们是日记修改的小评委，受小作者的邀请坐在讲台前点评的。

“这篇日记的题材很普通，就是表达爱。但是王同学不普通的地方是，他没有直接写爱，而是把爱藏在了字里行间。”

“对，全文一个‘爱’字都没有，我们却感受到了那份浓浓的爱。”

“同感，教材里面有些文章我就觉得表达太露了，像《桂林山水》里面那些‘啊，桂林的山真秀啊！桂林的水真绿呀！’，这样直白的句子反而让桂林失去了神秘的美感。”

三位小评委颇有眼光，说得头头是道，这种同龄人点评的方式或许效果更好呢。

（二）轩轩

课间，一位挺着圆鼓鼓小肚子走路的男孩引起了我的注意，他就是体育老师口中的“佛祖”——轩轩。轩轩被封为“佛祖”是有原因的。轩轩身材微胖，脸圆圆的，与圆脸相称的还有两个厚厚的耳垂。

轩轩坐在教室的第一排。听说他已经换了好几个同桌了，他现在的同桌是班上的“女汉子”墁墁。大大咧咧的墁墁和没心没肺的轩轩是一对欢喜冤家。

走到轩轩的座位，总能看到这样的景象——对不齐的桌子，躺在地板上的书包、书本和衣服，擦过鼻涕的废纸，还有那双习惯放在椅子杆上的脚。哪怕是在老师的眼皮底下，他依旧毫无顾忌，一切都是那么自由。

“我不是胖，我只是肉多！”又有女生抓住了轩轩胖的笑柄。可是他根本没有把自己的胖当回事儿。

活在自己世界的他，对世间万物似乎都有自己独特的理解。在严老师的教育博客中，我还看到了小时候的他——

讲“中话”的轩轩

下课时间，轩轩被班长带到了我的办公室，“罪名”是上课讲小话。轩轩一定知道讲小话不是件好事情，不停地申辩：“老师，我没有讲小话，我没有讲小话！”

“好，你没有说小话，那你就是说大话了？”我故作严肃地问。

“我没有说大话，我说的是‘中话’。”他很认真地回答。

“哈哈！”办公室的老师都忍不住笑出声来。

填“半个文具盒”的轩轩

数学庄老师在讲评试卷。

“小朋友，文具盒的单位是个，因为文具盒都是一个一个的。”

“老师，我填的是半个。”轩轩在一旁插话了。

“那你见过半个半个的文具盒吗？”庄老师反问道。

轩轩没有回答，只见他不慌不忙地从抽屉里拿出自己的文具盒，庄老师立刻就崩溃了，因为摆在大家面前的确确实实是半个文具盒。

考试时，轩轩在教室里用手机听歌、拍照的行为被同学检举了。

严老师随即没收了他的宝贝手机，可奇怪的是他没有做无畏的“反抗”，而是乖乖地把违规物品上交。后来，严老师与轩轩家长沟通得知，轩轩带手机进学校也是家长再三考虑才允许的。轩轩真的对自己的手机一点儿都不在乎吗？

当天的随堂单元测试，轩轩因为没把握好时间，临下课才开始写作文，收卷时他硬是拽着试卷不放，我走上前去“威胁”道：“你再不交就零分啦！”于是他有些不太情愿地松开了手，眼睛还直勾勾地望着试卷。

我知道轩轩心里不好受，先是被没收手机，后是没完成试题。我找来轩轩，问道：“你手机还想不想要回来了？”他摇摇头，叹了口气：“我想要回来，可我不敢向严老师要呀！”

我很少看到轩轩这副样子。我和严老师私下商定，把手机还给轩轩，前提是以后不再把手机带来学校。

我找到轩轩，把他拉到过道一角，悄悄地把手机塞进他的口袋，轻声说：“这次是我向严老师给你担保的，你以后不能把手机带来学校了，知道吗？”我话没说完，他就着急问我：“能不能再给我点时间，那张试卷我没写完……”

原来，在他心里，考卷比玩具还重要。

轩轩在体育方面并不拿手，但是深得体育老师的喜爱。他在校运会上为班级运动健儿加油的那股劲儿，无以匹敌。他手拿啦啦棒，站在小板凳上，疯狂地叫喊着：“六（2）班加油！加油！”一个来回，两个来回……直到比赛宣告结束。用全力在呐喊助威的轩轩，第二天嗓子哑了。

轩轩因为家里的老人去世了，没能来参加这学期的散学典礼。

轩轩，我还能再见到你吗？

（三）我的第一节课

“各位同学，今天这节课是我人生中上的第一堂语文课……”语音未落，孩子们开心地拍起了手，我的第一节语文课就是在这样的欢呼声中开始的。

“请同学们猜猜看，屏幕上的这个甲骨文演变成的是哪一个汉字？”

我精心设计了由甲骨文的“母”字切入，由“母”字联想到母亲，再由母亲联想到地球妈妈。

学生怎样回答、回答的顺序等环节都在我的预设之中。可是还没等我展示PPT上的问题，就有同学喊道：“地球妈妈！”

我故作镇定，匆忙地进入下一步。我试图借助PPT上迷幻的图片引导学生思考，可看到的却是同学们无趣的表情。怎么来来去去举手的都是前排的金同学和胡同学呢？那些埋下头的孩子是在看课外书吗？平时他们的表现可不是这样的。

预设得好好的一节课提前了十分钟结束，我把剩下的时间交给孩子们来评价。

“我觉得老师很用心地制作了这些课件，还挑选了视频给我们看，但是针对性不强，主题不明确。”

“我就说一点可能会对老师以后讲课有帮助的建议，课堂提问不要只局限于课本。”

“提问要有整体感。”

“还可以多一些朗读。”

…… ……

你一言，我一语，他们说的每句话我都一字不落地记在了笔记本上。

下课铃声响了，有同学提议让我以一句“下课！”做完美的收尾。

顿时，班上响起了热烈的掌声，掌声一阵接着一阵，仿佛让我看到了自己未来从教路上的希望和光明，我的第一节语文课就是在这样的掌声中结束的。

（四）兴发教学

我所在的实习班级倡导兴发教学。兴发教学就是要兴起和引发学生主动学习的欲望。在严老师的课堂上，孩子们的学习方式与我想象中的不一样。这个课堂上的每个小组成员都是主角，人人都有表达观点的机会。在这样的课堂上，教与学的关系发生了根本性的转变，教师真正成为学生学习的引导者和指路人。一节普通的语文课，在兴发教学的引领下，有着不一样的生成和发展。

《金色的脚印》是日本作家的一篇文章，在预习的前提下，小组交流十分钟后进行汇报。

第一小组的讨论从题目入手，分别从表面和深层挖掘题目的内涵。题目是文章的眼睛，也是我们阅读的第一扇窗口，往往能流露出作者的情感倾向。他们高水平的分析完全出乎我的意料。

第二小组的发言抓住了文中的关键词句。

“本单元学习的课文都是发生在动物与人之间的感人故事，像《老人与海鸥》《跑进家来的松鼠》等。动物和人一样是有感情的，但它却无法用语言表达，只能通过一举一动表达它的爱意。就让我们一起看看《金色的脚印》中的狐狸一家吧。”天天先是总结式地开篇。

“在第四自然段中，‘冲’和‘大摇大摆’两处使我产生疑问，为什么老狐狸会有那么大胆量来自投罗网？”小驿的语气引发了大家的思考。

“‘哼叫’‘蹭’‘舔’‘挤’等写出了小狐狸见到妈妈时撒娇的可爱的样子。‘直勾勾’和‘瞪’显示了老狐狸见到正太郎时的镇定和不断试探。”

…………

汇报完之后，他们一起把涉及的词语写在了黑板上提醒同学们注意。

在自由发言的时间，孩子们热烈地畅谈自己的收获和体会。

“哲学家”子为作出若有所思状：“世界上有两种性情——一种是人性，一种是兽性。人性追求美好善良，兽性却总是充满欲望和邪念。这篇文章就讲述了狐狸一家身上那种如水晶一般闪耀的人性。正太郎是一个心中充满人性、没有任何邪念的正直的孩子，他只是单纯地想要放走小狐狸，但同时又要遵守自然之道。”

霖霖继续延伸：“在人们的眼中，狐狸往往是狡猾的，但是在这个日本作家的笔下的狐狸却很重感情，人们看到了狐狸善良的一面，对狐狸的看法也在悄悄地改变。任何动物都有它不为人知的一面。”

…………

在短短的四十分钟的课堂上，学生创造出的一个个意外，让许多精彩不期而至。

（五）我被写进了日记

实习中途，我请假一个星期回读书的学校，孩子们以为我不再回来了，把我写进了他们的日记里……

黎老师高高的，短辫子，戴着一副眼镜，脸上总是挂着灿烂的笑容。我最

喜欢黎老师帮我批改作业了，不仅改得认真，有些题我错了或不理解的，黎老师也会细心地教我。（敏敏）

我喜欢黎老师。黎老师性格开朗，爱笑，我可从来没见过黎老师生气哦。我们班差不多每个同学都有小外号，所以我们也给黎老师取了一个外号，叫“大梨子老师”，我看黎老师没生气，好像还挺开心的。（涵涵）

上次公开课，是大梨子老师人生中第一次上语文课哦。可惜我那天感冒，不舒服，所以一个问题也没有回答上。下课后我赶紧去了校医室，想快点把感冒治好，还希望大梨子老师能再给我们上一节课。（文文）

大梨子第一天来到我们班的时候，眼神什么的都很稚嫩，她一直坐在教室的后排听严老师讲课。我用耳朵听着严老师说的话，眼睛却偷偷瞄到了大梨子身上。哪知大梨子也看着我笑。那时大梨子并没有外号。

下课后，我就跑过去找大梨子：“老师，你已经加入帅仔行列了，你要给自己取一个外号！”

“唔，帅仔是什么？”

“就是戴冰块以前创的一个‘公司’。你要取什么外号呢？”

“嗯——我想想，就叫‘大梨子’吧！”

“好啊，好啊！”我激动地说。

从那以后，我就称呼大梨子为“大梨子老师”。

还有一次，大梨子把我叫过来，对我说：“牛米，你以后不要叫我大梨子老师了，直接叫我大梨子就行了。”

“为什么？”我问。

“因为我们已经是朋友了！”

于是，我对黎老师的称呼又改为了“大梨子”。

夜里，我做了一个梦，梦见大梨子出现在我家的窗外，朝着我笑着。我像疯了似的冲出了家，大梨子已经远去，她还在朝我招手，我又向大梨子的方向跑去，她消失在拐角处。

“牛米，我还会回来的！”幽蓝的天空传来了大梨子的声音……（牛米）

（六）小雨

课间，小雨总是安安静静地坐在位置上看书。

“看什么书呢？”

“烘焙书。”

“黎老师，你会做这种小蛋糕吗？”小雨看到我在看，就放下了手中的书。我摇摇头，惭愧说自己还不会做菜，更别说烘焙了。“这上面的蛋糕我都会做。”小雨笑嘻嘻地对我说。

小雨身上有一股“仙气”，说话从来都是轻声细语，笑的时候习惯抿着嘴。小雨走路慢慢悠悠，我想，班上除了轩轩外，走路第二“随性”的就是小雨了。不仅走路，小雨考试答题也是不慌不乱，有自己的节奏，哪怕是距离考试结束只有两分钟了，她还能心无旁骛地给作文一个妥妥的结尾。小雨的长发很少用橡皮筋扎起过，发上常见她别着自己制作的发卡，有各种蝴蝶结，有五彩的颜色，都是市面上不曾见过的。

好几次下午自习课上，我偶然瞥见小雨的耳朵上吊着耳坠，而且还不见重样的。我上前去问：“小雨，你这么小就打耳洞了？”

“老师，这是粘上去的。”小雨抿着嘴笑，补充说，“我自己做的。”

分别之前她送我一个礼物，一个独特的风铃。风铃吊坠上有八个颜色各不相同的小圆珠，每个小圆珠下面有两片羽毛，一片是青色的，一片是棕色的。

我把这个礼物挂在窗台，每当风吹起，两片羽毛随风轻唱，述说着小雨的世界、小雨的快乐。

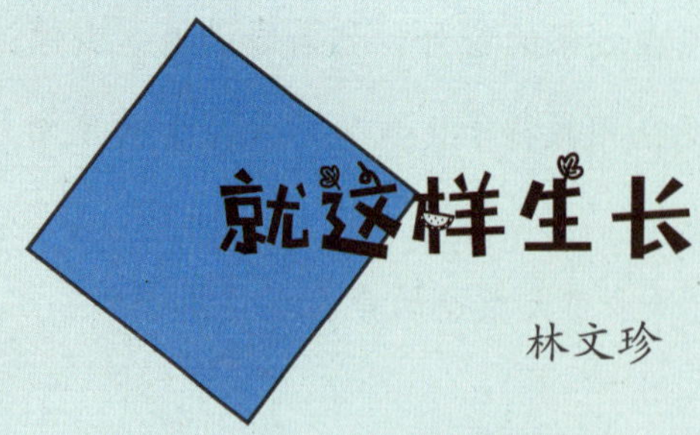

就这样生长

林文珍

"你们心目中理想的班级是怎样的？"

在大三的专业课上老师抛出这样一个问题，我的脑海不禁浮现出"巴学园"三字。

若不是亲自参与其中，我不会相信还真存在这样的班级，恰巧我就在这样一个班级里开始了我的实习……

杏子老师把自己的教育理念引入教室，给孩子们打造了一个生机勃勃的"青青杏园"。课室四季的流转变换、蔚蓝梦幻的阅读海洋，还有可以倾诉秘密的"青青杏箱"，都渗透着杏子老师对孩子们的无声教育，生活在园子里的孩子们不仅学到了知识，还能在成长中保持纯真。

"青青杏园"里沁润着天然的气息，没有老师给孩子们设立的条条框框的班规，没有现在流行的精细化管理，也没有红花表奖惩制的约束，甚至连班干部的分工也不算明确。孩子们自由自在地成长着，他们呈现出来的是一种自然野生的生长状态。

"青青杏园"里的孩子们诚实、谦逊，相互扶持。我很少见到杏子老师处理孩子们之间的纠纷。有一次，两个男孩子走来办公室找杏子老师"主持公道"，还没等杏子老师开口，孩子们就说："我们还是自己解决吧！"于是，两个小男孩非常绅士地向对方道歉，拥抱一下和好了。

有个小迷糊忘记做作业了，主动到办公室向杏子老师坦白。这时就会有个孩子及时冒出来："我来做监督，保证他今天及时补上。"课堂上，有孩子回答不上问题，立马又有孩子举手"搭救"："我可以帮助他。"

"青青杏园"里的孩子们掌握着学习的主动权，在合作学习的课堂里，每个学生都能得到尊重，每个学生都能放心地打开自己的心扉，每个学生的差异都能得到关注。杏子老师是和他们在教室里相遇与对话。

杏子老师不仅听学生发言的内容，更听他们发言中所包含着的心情、想法，与他们心心相印。在这种轻松的状态下学习，孩子们表现得更专注、更自信，他们内在的潜力在这种自由的氛围中得到唤醒、激发。

这才是最符合孩子生长规律的学习方法。在看似自由散漫的课堂中，孩子们的天性真正得到了释放，这也让"青青杏园"的孩子们变得更加自主和自信。

老师们眼中的小豆豆

"青青杏园"的孩子们激起了我的好奇心，我很想从多角度去了解"青青杏园"里的这群孩子，尤其是在其他老师眼中，这个没有班规、呈野生状态生长的班集体是什么样子的。我特意去询问了在"青青杏园"任教的几位老师。

数学庄庄老师用"真实随性"形容这群孩子。"杏子老师善于把人格教育渗透在细小的事情当中，小心翼翼地呵护着孩子的纯洁心灵，努力去平衡好孩子行为规范和思维发散之间的关系。"

Miss 崔是孩子们曾经的英语老师，她任教多年，始终对这个班级有深深的眷恋："我很喜欢在他们班里上课！这群孩子阳光、单纯，拥有开阔的思维。杏子老师给了孩子们很多自由，激发孩子们去探索无限的可能，培养了他们创新思维的能力。当你把一个问题抛出来，孩子们可以从十个不同的角度给你回应。"

品德课王渤老师一听到"青青杏园"四个字，嘴角就微微上扬："他们真的是太好玩了！一年级刚刚上学的时候，一上课他们就像一群小燕子一样在门口迎接你。一开始上课，这群孩子也没有什么规矩，我每节课就像打地鼠一样，刚刚把这个按下去，那个又起来了，此起彼伏。那个时候上课真的是累得满身汗呀！当时我特别羡慕纪律管得严严实实的班级，那多好上课啊！后来我慢慢发现，孩子们虽然不够‘规矩’，但是他们在一种自由快乐的氛围中学习，以一种更适合自己的方式在成长。老师教知识的时候，他们学得可认真了。他们天真、自由、烂漫，没有过多被管束，每个孩子的个性都得到了充分发展，每个孩子都有着与众不同的地方。上学对他们来说不是一种压力，而是在体验学习的过程中成长。”

综合实践课的黄锋老师用了两个关键词——“自由”“自我”。“孩子们的思想是自由的，他们能从不同的角度提出各种天马行空的问题。这里的‘自我’并不是说他们骄傲、目中无人，而是说对于问题，他们有自己的见解，而且善于表达出来。”

来帮忙代课的丽莎老师说：“这是一群我见过最会学习的孩子，他们有着自己的一套学习方法。本来是准备上课的，没想到我倒是旁听了一堂课。一上课，孩子们先组织复习学过的内容，其中一个孩子围绕重点内容进行提问，接下来每个孩子都能参与进来，他们不是无序地发言，而是一个问题接一个问题，你问我答，认真地交流和讨论。孩子们很有文学功底，他们的表达让我惊叹。”

家长眼中的小豆豆

“青青杏园”里的每一个孩子都是与众不同的存在。

在“青青杏园”的家长眼中，孩子能在一个这样的园子里成长，是一件不可思议的事情。

思睿妈妈告诉我，在她眼中，“青青杏园”里的每一个孩子都是真正意义上独一无二的，有思想、有见识的独立个体。已经12岁的他们，眼神中仍旧透露着单纯天真、不谙世事。这正是杏子老师一直倡导的自由生长、兴发教育理念的体现。或许这种貌似原生态、野性的自由生长也曾被个别家长不理解，但六年后的今天，当大家通过孩子们笔下一篇篇聪颖睿智又不乏灵动的日记，通过他们懂得规则而又欢乐自由的生存状态，更能领悟到，原来成长在“青青杏园”里的孩子们的眼里，不只有方圆几里地，他们所看到的是开阔的、丰富的、美丽的、多元化的世界。

思睿妈妈说起这群孩子很有感慨，她接着说：

杏子老师给孩子的教育方式，如果让我总结就两个关键词：“天性”“格局”。她给了孩子们一片更广阔的天地，在这里并不是一味地释放孩子的天性，而是通过环境的影响，让我们学会与孩子的天性合作，在学习之外挪出时间去看看窗外风景，去修炼自己的格局。学习的终极目的是让自己拥有更大的格局，而格局不是仅仅通过知识来养成的。格局乃眼界所至，这将成为孩子们未来的眼光、胸襟、胆识等，这会是他们的心理素质，也将成为他们人生的内在布局。

奕策妈妈是这个班级共同书写成长日记活动忠实的实践者。她在奕策毕业前的一篇日记中这样写道：

留恋孩子们眼中的灵性。每个孩子都有一双会说话的眼睛，明眸善睐，顾盼生辉。他们通过带灵性的双眼，看到了世界的美好和静谧，见识了世间的五味和杂陈，于是，他们的眼睛中留下了更多的美和爱。

留恋孩子们妙笔的生花。我拜读过孩子们太多的作品，他们用手中的妙笔洋洋洒洒地书写智慧、自信和情感，现代版的、文言版的，抒情版的、论述版的，有现实的生活，也有历史的穿越，有豪情壮志，也有喃喃自语，更多的是爱的诠释。

留恋孩子们身上的任性。只因个个是初生的牛犊，他们可以为了一个词语，任性地争个面红耳赤，翻阅各种工具书追根问底；他们可以为了某个问题的理解与老师发生争执，而偏偏是他们太追求真理的举动，让好多老师不得不课前“深耕细作”。

老师和家长们都在感叹“青青杏园”里的孩子们能拥有可贵的天真、单纯和自由。我想，这是因为他们有一位很天真的杏子老师，是她在默默守护着孩子们的纯真。在杏子老师眼里，没有不天真可爱的孩子。杏子老师善于发现每个孩子的优点，对于每一个孩子，她都是俯下身去耐心鼓励，放慢脚步等待成长。她走进了孩子们的心灵，小心翼翼去呵护孩子们容易被成人世界忽视的美好品质，让孩子们的潜能在轻松自由的环境中慢慢被唤醒、被激发。

“童心，是荷叶上滚动着的露珠。我多想在孩子们的心田种下一片圣洁的荷花，让荷叶上的晶莹露珠，永远那么清澈，永远那么纯净。”杏子老师在博客中写道。

我很幸运，能在“青青杏园”里跟随孩子们和杏子老师一起学习。杏子老师用行动告诉我：保护孩子的纯真和善良，远比用强硬的规则去约束要美好许多。我希望自己能成为像杏子老师这样用爱和智慧去做教育的人，去理解和尊重孩子们的想法，守护他们清澈纯净的心灵。我期望我的学生也能像“青青杏园”里的孩子一样健康、自由、快乐地成长。

〔后记〕

我刚写完这篇文章，墁墁凑过来看，嘟哝着说：“谁说我们没有班规，您过来看！”然后墁墁把我拉进课室，指着后面黑板上的《长歌行》念：“青青园中葵，朝露待日晞。”听到墁墁的诵读，班级里的孩子们也不由自主地念了起来：

“阳春布德泽，万物生光辉——”